猥談《わいだん》ひとり旅

BAWDY TRIP ALONE

カレー沢薫

日本文芸社

まえがき

本書のテーマはズバリ「エロ」である。

しかし「私の人生で一番刺激的なセックス」のような、ａｎａｎセックス特集の読者投稿ページみたいな話は一切ない。

つまり私の体験談的な話はほとんど出てこない。

私も実はここだけの話、セックスをしたことがある。だがそんな話は恥ずかしいのでしたくない。むしろ「セックスしたことない」とアイドルのような体でいたいぐらいだ。

つまり、人のセックスには興味津々だが、自分の話になると急にＡＫＢ顔になるという、エロガッパの中でも一番徳の低いカッパであり、尻子玉と間違えてウンコを引きずりだしてしまうタイプである。

しかし、みなさんも、大して刺激的でもないエロ話を武勇伝のように語られるのはイラつくだろうし、そういうのに「マジすか——！」と言わなければならないのは地元のパイセン相手だけで十分だろう。

世の中には本当に刺激的なエロ話がたくさんがあるのだからどう考えてもそっちを取り上げるべきである。

つまり本書は「全国津々浦々（ネット）から拾ってきた他人のエロ話について語る本」である。

他人のセックスを笑うどころか他人のセックスで飯を食うという、ある意味**そんじょそこらのスカトロ本より汚い内容なのだが、面白いことは保証する。**何故なら他人のエロは面白いからだ。

私もこのコラムの連載をしているうちに、自分は本当につまらないセックスしかしたことがない、むしろ「セックスしたことがない」と言っても良いんじゃないかというぐらい、己の経験のなさを痛感した。そのぐらいエロの世界は広い。

しかし、生きているうちに世界一周できる人間が少ないように、エロも全てを経験することは出来ない。よって本書で**「そういうエロもあるのだ」という観光気分**を味わっていただければ幸いである。

その中で「ニューハーフ風俗国」など「ここの水とは相性が良さそうだ」という国があれば住んでみても良いだろう。

あと全国からエロ話を集めたと言いながら担当の風俗話ばかりになっているゾーンがあるのは気のせいだ。

カレー沢薫

猥談ひとり旅

contents

猥談ひとり旅

contents

猥談ひとり旅

contents

カバーイラスト　カレー沢 薫
カバーデザイン　Boogie Design
本文デザイン　下舘洋子(bottom graphic)
編集協力　花田 雪

猥談ひとり旅

01

急募：エロ情報

家庭崩壊も辞さず…？

01 急募:エロ情報

まさか漫画ゴラクでコラムの連載をする日が来るとは思わなかった。30年前の自分に「お前将来ゴラクでコラム書くぞ」と伝えたらキョトンとするだろう。4歳でゴラクを知ってる方がヤバいからだ。

当初、2016年に他所で出した『ブスの本懐』という本が私の本にしては売れたので「ブスの話をしてください」と言われたのだが二番煎じだし、正直「もっと楽しい話をさせろよ」と思った。お前らも聞きたいか、ブスの話を。

だが他に私が書けることなどたかが知れているので**「じゃあゴラクだし、エロの話でもしましょうか」**と今思えば失礼な提案をしたのだが「あエロいいですね」と二つ返事だったのでこういうところゴラクだよなと思った。もちろんゴラクさんと言えば金とか暴力とか他にも得意分野が多数おありになるのでその線も考えたが「実録暴力体験レポート」とかになると連載2回目ぐらいで作者急死のため終了してしまうので除外した。金に関してもまず金に詳しくなりたいので2兆円よこせと言っても却下だろうから最初から言わなかった。

しかしエロと言っても何を書くか。まず「エロ」というのはそれだけで素材が良いのでシンプルに塩でいただくのが一番。私が今から若い男を買春などしてその様子を細かに描写するのが一番良いし、一番皆様の食欲を迅速になくすことが出来るというのはわかっている。

エロ知識は世界と人命を救う

しかし、それをやると親族一同からものすごく怒られるという問題がある。**「漫画ゴラクのエロコラムで家庭崩壊」**というのは、ネタとしては15秒ぐらい笑いが取れる気がするが、その15秒のために残り数十年が狂う予感がしてならない。

それに私は昔から自分自身の性の話が恥ずかしくてできないのだ。ツイッターで**「剃れイイけパイパンマン」**というAVを見ました」とつぶやくことはできても「昨日普通のセックスをしました」とは口が裂けても言えないのである。

ちなみに上記のAVは実在するそうだ。いつの世にも天才というものは存在する。

だが**子どもの頃からエロに関しては人一倍関心があった**。少年漫画のお色気ページを見ていて母親に怒られたことは一度や二度ではない。普通に読んでいるだけなら怒られなかったと思うが、あまりにもそのページを凝視しすぎていた上にそこから1ページも動かなかったからだと思う。

それは今も変わっておらず、エロいものを見るためなら天竺《てんじく》に行くぐらいの道のりは歩くし、**家には常に「急募:エロ情報」という張り紙を貼っている。**

つまり、自分がするのはそうでもないが、見るのと聞くのは大好きだし一生好きだろうと思うのだ。

それに人にはエロ知識というものが必要なのだ。

まず、人間はセックスの仕方でさえ、何かに教えてもらわないとわからないのだ。全くのノーヒントでやり方がわかったという奴は多分ほとんどいないだろう。

ある日突然「俺のコレを女のアレに挿れればいいんだ」とひらめいた奴がいるとしたら逆に変態な気がする。普通、人様のソコにそんなもの挿れようと思わない。正気の沙汰ではない。

それを「いや、それをそこに挿れるのが人間として正しいのですよ」と教えてもらって初めて行動に移せるのだ。ここで正確な情報が与えられず間違って頭とか挿れてしまったら相手を死に至らしめる危険性がある。もちろん頭を使うプレイもあるが、それは相当上級者になってからだ。

つまりエロ知識は人命を救うのである。

よって私も尊い命のために、当コラムで一からやり直すつもりで**基本的エロから最新エロまで勉強していきたい**と思う。

だが、勉強してどうするんだ、という問題もある。

私が中学生なら今後生かす場面があるかもしれないし、多くの童貞が生かす日が来ると信じて明日を生きているのだ。そんな日は来ないと横山三国志の関羽の顔で伝えたら、中学生が絶滅する。

しかし私はすでに中年だし、民法上許される範囲でいうと配偶者としなかったら**今後一生セックスすることがないのである。**

今さらりと書いたが、結構衝撃的事実だ。我々は思った以上に厳しいルールを課せられている。漫画ゴラク内に限って言うと、そういったルールをガン無視したシーンに遭遇することも少なくないが、ゴラクは治外法権というか、むしろゴラク国での出来事なのでノーカンだ。

しかし、使うアテがないからといって知識がいらないかと言うとそんなことはない。前述の通り、**エロ知識は人命を救う。心臓マッサージや人工呼吸ぐらい知っていて損はない。**

近い将来「九死に一生スペシャル」などで「あの時Gスポットの位置を正確に把握していなかったら確実に死んでいた」とインタビューに答える日がくるかもしれないのである。

猥談ひとり旅

02

尿道にスジを通す

謁見準備は念入りに☆

手洗り消毒
とても尿道プレイに
挑戦しようとしてる人には
見えまり

初回の原稿を上げたあと「タイトル通り色んなエロ知識に触れていきたいですね」と担当にメールしたら「最初はソフトな知識から入って、だんだん過激になる感じでしょうか。腹上死や窒息オナニー、SM緊縛の事故、尿道プレイで病院行き、など事故から身を守るエロの知識とかは面白いかもです」と返ってきたのだが、**さすがゴラクは「ソフト」の概念からして違う**。「ハード」になるとドコにナニを挿れるつもりなのか見当もつかない。チャカでドテっ腹に開けた穴とかだろうか。

ところでこのソフトな例で出てきた**「尿道プレイ」**。確かに普通に生活してたら一日3回は聞くであろう常用語だが、今更おはようとかこんにちはの意味を考えないのと同じように意外にどういうものか具体的にわかっていない人もいるんじゃないだろうか。女性に至っては尿道（正確には尿道口）がどこかもわからないという人もいるだろう。私もその一人だ。

男性の場合は体の構造上、尿道に会おうと思えばいつでも会える。思い立ったが尿道という感じでミーツできるだろうが女はそうはいかない。「今日は尿道に会いに行く」という固い意志の下、場合によっては鏡などのアイテムがなければ会えないのだ。

尿道に敬意を払え

しかし、鏡を使って自分の股間を見たことがある派の女でも、それが尿道を見るためだった女は少数派だろう。おそらくは性器を見るために見たはずだ。

しかしそれもおかしな話である。性器と尿道――「出番」という意味では圧倒的に尿道の方が重要なはずだ。どんなヤリマンでも「尿道より性器の方が登板回数が多い」という女はいないはずだ。逆に一度もマウンドに上がらない奴だっている。男の場合はトイレとセックスで使う部分がオールインワンという乱暴すぎる作りのため、少なくともトイレで出番があるわけだが、女の場合は本当に一回も客が来ずに閉店ということがあるのだ。

そんなショバの無駄遣い器官が、３６５日休まず営業の尿道さんを差し置いていいはずがない。まずは尿道、尿道さんにあいさつが先だ。話（性器）はそれからだ。

つまり、**我々はセックスより先に尿道プレイをやるべきだ**ということだ。それが毎日働き続ける尿道さんへの敬意だ。週休7日の性器などほっとくべきだ。

そこで、早速「尿道プレイ」のやり方をググってみたのだが、出てくるのは男のやり方ばかりだ。舐めるな、尿道ぐらいこっちも持っている。**TENGAは使えないがirohaは使えるんだぞこの野郎**と、「尿道プレイ　女」で検索したところ「**尿道プレイで膀胱炎**」という記事がヒットした。

どんな性欲ですら収まるパワーワードである。すっかり忘れていたが、尿道はエロに使うための器官ではなかった。尿道に説明書があったら**「排尿他医療行為以外には使わないでください」**と太字で書かれているやつだ。

世の中で起こる事故の多くは「正しい使い方をしなかった」ことに起因する。そりゃ膀胱炎ぐらいなるわいなという話である。さらに膀胱炎ぐらいなんだと言いたいが、膀胱炎は女がなりやすい疾患の中でも地味にツライ奴だ。果てしなき残尿感、出したと同時に出したのと同量の尿かそれ以上の尿が生まれている感覚、エロにおいては汁気が多い方が良いとされているが、それが尿だと話は別だ。

しかし**エロ探求とは常に危険、もっと言えば死と隣り合わせ**だ。それでも何故探求するのかと言われたら、死んでもいいからとは思ってはいないと思うが、**尻にピグモンのソフビ人形**（突起が多くてイイ感じがする）を刺したまま病院に運ばれてもいいぐらいの覚悟があるからだ。

虎穴も尿道も取りあえず入ってみなければ虎児は得られないのである。

さて肝心の尿道プレイだが、単純にそこを触ったり、上級者になると何か挿入したりするプレイのことだ。

何か、と言っても当然ナニを入れてはいけないし、いくら**日本一女のアソコにビール瓶をつっこんでそうな雑誌のゴラク**でもいきなりそんなものを尿道に入れてはいけない。綿棒やカテーテル（そもそもカテーテルから着想を得られたプレイらしい）などごく細いものだ。

そして何より重要なのは挿れるものが清潔であることだ。物はもちろん、扱う手も消毒が必要であり、少しでも痛みを感じたら止めなければいけない。面倒である。みんな普通のセックスをチンコの消毒から始めたことがあるだろうか。

もちろん清潔に越したことはないが、そこまでしなくてもまあ大丈夫。ある程度汚くても死にはしないといった感じだ。

尿道に敬意を払えと言ったが、それは性器より先にこっちに挿れろというより「入念な準備と身支度をしてから謁見を申し出よ」と言う方が正しかったようだ。それが出来ない輩はその下の適当で大雑把な穴にでも入っていろということなのだろう。

いつか**尿道さんにふさわしい女になりたい**。まず手洗いから始めよう。話はそこからだ。

猥談ひとり旅

03

死ぬほど気持ちいい

遺言の証人はアナタ

「窒息オナニーは意外に愛好家が多いです」

担当の言である。確かに**「趣味は窒息オナニーです」**と言う場が少ないだけで愛好者自体は多いのかもしれない。

しかし、公表されないだけでもしかして正月の餅よりも人命を奪っているかもしれない危険な行為である。

自ら窒息状態になるというのは、やっていることは自殺と変わらない。ただそれで本当に死んだ場合、死因を「窒息オナニー」にするか「自殺」にするかと言われたら、遺族は苦渋の決断で「自殺」を選ぶような気がする。よって、今日本では年間3万人の自殺者がいるというが、もしかしたらその内**2万9千人ぐらいは窒息オナニーで死んでいるかもしれない。**愛好者が多いというからには十分あり得る。

よって死因を「自殺」にされるのは不名誉だと感じる愛好者は、事前に「これで死んだ場合はちゃんと死因を窒息オナニーであると公表してください」と一筆書いておく必要がある。**エロ事は、一も二にも準備が大切なのだ。**

窒息オナニーでの「事故死」を回避する方法

さて、そんな皆大好き窒息オナニーだが、どうやってやるかというとドアノブに紐をかけ首つり状態にしたりポリ袋をかぶった状態でオナニーをするのだ。ね簡単でしょ、という話だ。

脳を低酸素状態にし、体を極限まで追い込むことにより性感が増すということらしい。「体を極限状態に追い込む」などというとアスリートみたいだが、まあオナニーだ。

しかし人はオナニーの精度を上げるため、時としてオナ禁を自らに課したりと欲望の発散なのに逆にストイックなことをしだしたりするので、もしかしたら**オナニーはスポーツ**なのかもしれない。

ちなみに、アメリカの某有名俳優もこの窒息オナニー中の事故で死んだんじゃないかと言われているのだが、彼がどのような状態で発見されたかというと**「靴ひもの一端をペニスに、もう一端を首に巻き付けた上、さらに、ロープで両手を縛り上げ、それを首にも巻き付けていた」**そうだ。

複雑に死に過ぎである。

そして「窒息オナニーで死んだと言われている」ではなく、確実に窒息オナニーでお亡くなりになっていらっしゃっている。

死んだ上に、その様子が事細かに実名でこんな島国にまで届いているという時点で**「窒息オナニーは全方位で危険」**というのは言うまでもないが、それでもなぜ人はそれを愛好してしまうのかというと、やはり「気持ちいい」のだろう。

余談だが私はスパゲティが好きだ。単純に食い物として好きなのもあるが、もっと好きなのはそれが喉に詰まった時だ。

もちろん苦しい。だがその時の感覚は「好き」としか言いようがない。わざと詰まらせることはしないので詰まった日は「運がいい」と思っている。

私が説明の難しい変態であるという話がしたいわけではない。実際この「食べ物が喉に詰まる感覚が好き」という人は窒息オナニー愛好者ほどではないが結構いるのだ。

個人差はあれ、**人は体に死の危険が迫った状態に快感を覚えるようにできているのかもしれない。**

よって、正月に餅を喉に詰まらせて死ぬというのは気持ちいい上にこれ以上めでたいことはない縁起のいい死に方なのかもしれない。

しかし、死んだことがないのでわからないが、おそらく「死ぬ」というのは結構困ることである。自分は良くても周りは困る。もしかしたら喜ばれるかもしれないが、下半身丸出しで首をつって死んでいる奴を発見しなければいけないという時点で迷惑だ。

だが、きっと愛好者はやめたくてもすでにやめられないのだろう。

我々だって「これから一生オナニーをするな」と言われて出来るだろうか。その頭に「窒息」がついただけだ。そして普通のオナニーより気持ちいいと言われたらなおさらだ。

オナニーというのは股間さえあればできる、この世でもっともコスパのいい趣味だ。それを人から奪うのは難しい。

よってやるなら安全な窒息オナニーをしなければならない。すでに大きな矛盾があるような気がするが**「処女のヤリマン」**とかよりは無理なことは言っていない。

まず、窒息具合を「死なない程度」に留めるのが一番だ。しかしそれは「オナニー中に冷静になれ」と言っているに等しい。それは処女のヤリマンより無理だ。やっている内にもっと高みを目指そうとしてあの世にいってしまうのである。

窒息オナニーに限らず**オナニーの事故というのは、オナニーという冷静な判断が出来ない行為を一人でやっているから起こる**のだ。

つまり答えはただ一つ。安全な窒息オナニーの方法は「ストップをかけてくれる人の前でやる」だ。

もちろん、人に**「窒息オナニーの監視をしてくれ」**と言ってもなかなか快諾を得られないだろうからそこは「交代制」でやったら良いだろう。

世の中はいつもギブアンドテイクだ。

猥談ひとり旅

04

DHC
（デリヘルクライシス）

滅びの呪文は元気よく

「友人の話なのですが」

担当の話はそう始まった。大体そう言う時は本人の話なのだが、さらに**「何度も言いますが友人の話です」**と書いてあったのでともかく友人の話なのだろう。

その友人が人妻デリバリーヘルスで30歳の人妻を注文したところ、届いたのは年齢は先代貴乃花の元妻・藤田紀子さんより若干若く、体重は「米だったら嬉しい」ぐらいの女性だったそうだ。

出来るだけラッキーなことのように書いたが、簡単に言うと**DBが来た**ということだ。ドラゴンボールではない。ドラゴンボールだったら神龍《シェンロン》を呼んで、今すぐこのデリヘル嬢を綾瀬はるかにしろと言えるが、**来たのはデブババア**だ。現実は厳しい。

AKBからランダムで3人選んで年齢を足したとしてもなかなか還暦は超えないだろうからAKBが3人来たと考えればいいのかもしれないが、おそらく数字の問題ではない。しかも運が悪いことにその友人は、セーラー服のオプションまでつけていたと言う。

その場にコナンがいたら「**あれれ~? なんで、30歳人妻にセーラー服のオプ**

ションをつけたのかなあ」と言い出すところだが、そこは城島茂が「素人は黙っとれ」と言って解決だ。

さっきから登場人物が増えすぎているが、実際その場にいたのはその友人といそいそとセーラー服に着替えるDBだけである。

クライシスだ。しかしその友人はDBを一瞬で葬り去る「バルス」に匹敵する**滅びの呪文「チェンジ」**を怖くて（唱えた瞬間セーラー服姿のDBが目を押さえてラブホの窓から転落するのが恐ろしかったのだろう）唱えることができなかったという。

ではどうしたかというと、ホテルの部屋のAVを見ながらすることにより、そのDBとの行為を「やりきった」そうだ。

努力の方向音痴である。

遭難者が「自分のウンコを食うことで生き延びました。チョコレートも持ってたんですがニキビとか気になるんで食べませんでした」と語っているのと同じだ。

「チェンジ」という名のガンを構えろ

担当も最後に「自分ならチェンジします」と書いていた。

おそらくコレを読んだ99％が「俺ならチェンジする」と言い、残り1％が「おいおい当たり自慢かよ」と言うだろう。

しかし、果たしてそうだろうか。デリヘル慣れしている人間なら言えるかもしれないが、初デリヘルで自分の意にそぐわない人材が来た時、人は躊躇《ちゅうちょ》なく「チェンジ」と言えるのだろうか。

一億総クレーマー時代と言われ、客であることを盾に無理難題を言う人間が増えてきているというが、未《いま》だに客としての当然の権利でさえ行使できない気の弱い人間というのも大勢いるのである。注文と違う食い物が届いても「忙しそうだし」とそのまま食ってしまうような人間だ。

ラーメンを頼んでタンメンが来るならまだいい。しかし**30歳人妻を注文して還暦デブが来る**というのは、廃タイヤが運ばれて来たに等しい。だがそのままタイヤを食って料金まで払ってしまう者がこの世にはいるのだ。自分も割とそっち側なのでこの友人を一概に笑うことはできない。

だがラーメンであればたかだか数百円ですむ。その値段でタイヤが食えたならラッキーと思えなくもない。しかしそれがデリヘルだと話は別だ。

デリヘルは高い。もちろん私は頼んだことがないのでネットで相場を調べたが、サービス料だけでも1万5千から2万。さらにホテル代や嬢の交通費がかかる。デリバリーなんていうと手軽なイメージがあるが、全く軽くない。重い。

おそらく女が「自分にごほうび」とか言いながらバッグやらを買うのと同じ感覚だろう。だったらハズレ嬢をチェンジしないというのは、2万出して買ったバッグが出所者が持ってるオレンジ色のズダ袋と全く同じデザインなんだけど我慢して使っているOLみたいなものだ。

そして何より重要なのは、その相手に御チンチン様を触られるということだ。デリヘルのサービス内容は詳しくは知らないが、そこにノータッチということはまずないだろう。

性器とは、体の中で一番のパーソナルスペースである。いや「アナルの方がパーソナルですよ」と言う人もいるかもしれないが、そこの議論はまた今度する。

私には**御チン堂**(御母堂みたいな感じで読んで欲しい)はないが、やはりソコは自分が「善し!!」と思った相手にしか見せたり触られたりしたくないものである。つまり、意にそぐわない相手にそれを触らせるのは貴様はいいかもしれないが、御チン(御社みたいな感じで読んで欲しい)に失礼じゃないかという話だ。

よって、やはり趣味じゃないデリヘル嬢が来たら、どんなに気が弱い人間でも「チェンジ」と言わなければならない、それが**己の誇り(と書いてチンコと読む)を守る**ということだ。

では実際そういう場面に遭遇したらどうしたら良いか。それはとにかく「早く言う」だろう。恐怖とか良心の呵責《かしゃく》とかそんなものが出てくる前に言わなければならない。西部劇のガンマンよりも早い動作が必要だ。

もうドアが開く前から**「チェンジ」という名のガンを構えておくべき**だ。

ただ誤射(綾瀬はるかが来たのに撃ってしまう)には注意である。

猥談ひとり旅

05

イカしたアイツ

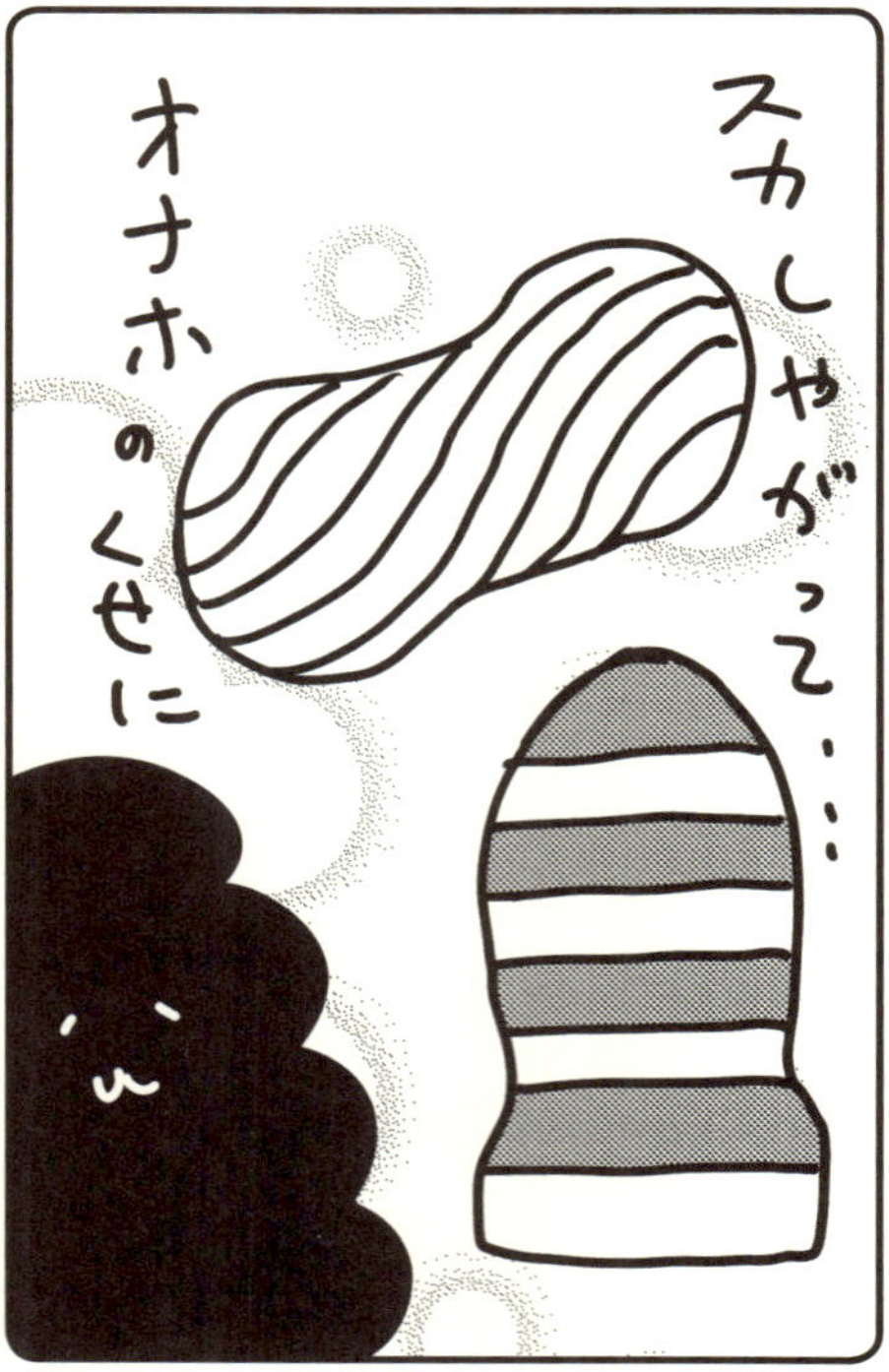

TENGA先輩、マジCOOL

「BL・弱虫ペダル好きの女子部員（32）からネタをもらいました。TENGAが無駄にカッコ良くなっているそうです」。担当のメールにはそう書かれていた。

まず、BL好きの女子部員（32）の形容詞が全く関係ない。BL好きというからには、どんな最新メンズアナル情報かと思ったらモロ棒側の話である。

しかし早とちりは良くない。もしかしたら尻に入れるタイプのTENGAが開発されたということかもしれない。「飲むTENGA」が発売されたのだから「挿れるTENGA」が出たとしても何ら不思議はない。


「それは一大事」とさっそくそのTENGAのページに飛んだところ、そこには**尻に入れたら間違いなく一大事**になるであろう蛇腹かつ螺旋《らせん》形の物体があった。

結局、まだ従来通りの「挿れるTENGA」だったわけだが、その見た目は確かにカッコいい。初見でそれがTENGAとわかった人間は、地球上のすべての物が「穴」に見えてるとしか思えない。

TENGAと言えば「とてもオナホに見えないクールなデザイン」で有名だ。

しかし逆に有名になりすぎて、一番スタンダードなオレンジに白ラインな物であれば**0・1秒でオナホとわかるようになってしまった**。まだ「初々しい妹 キッ穴」（実在する商品）の方がオナホだとわかるのに時間がかかるような気がする。

よって**今インテリアにするならTENGAより女性器丸出しの形状をした肌色の初々しい妹にした方がよい**。見る側も「わかりやすすぎる、ひっかけ問題か」と深読みし、筋トレの道具か何かだと思ってくれるだろう。

しかし、この新商品のTENGAはそれ以上にオナホに見えない、とにかくクールな形状だ。

もう**TENGAはクール&スタイリッシュオナホを極めるつもりなのだな**と思ったが、その一方で**クールの遥か向こう岸にいらっしゃる漫☆画太郎先生とコラボ**をしていたりもするので、その**方向性はイマイチ不明**である。

しかしTENGAが何をしたいのかはわからないが、TENGAで何をするのが正しいかはわかる。オナニーだ。

私は男になりたいと思ったことはない。むしろ現在の日本においては男だったらますます許されない性根をしているので、女だったからまだこの程度で済んでラッキーだったと思っている。

だがしかし**「TENGAを使えない」という点だけは女で損をしているような気がする。**損害と言ってもいいかもしれない。TENGAに対抗して「iroha」なる、キュート&スタイリッシュ女性オナニーグッズも登場したが、イマイチTENGAほど市民権を得ていないような気がする。

他人のオナニーをガタガタ言うな

そもそも女性のオナニーグッズに「これだ！」という物がないのは、まず女のオナニー方法に「これや！」がないからな気がする。

女である私でさえ、どの方法がメジャーなのかわからないのだ。

男が想像する女のオナニーと言えば、足をM字にかっぴらき、手でいじったり、何か入れたりする姿かと思う。

しかし本当にああいうやり方の女はそんなにいないいんじゃないかと思う（いや、みんなああだよ、と言われたら何も返せないが）。

まず、誰に見せているのだという話だ。見せる相手がいるのだとしたらもはやオナニーではない。プレイだ。

また必ず何か物体を入れるわけではない。**中には指すら入れないという「穴は完無視派」**もいるし、さらには手すら使わない、**圧をかけるだけでイケる「奥義派」**もいる。

そういう人にとってはｉｒｏｈａなど不要だし、ディルドなど文字通り無用の長物だ（すごく上手いこと言った）。その一方で小物入れかよ、というぐらいガンガンに色々入れている人もいるだろう。しかしどれも「世の女は一番このやり方でやっている」みたいな答えが出ないのだ。

よって、定型がなくパッと見オナニーしているとわからないやり方をしている者もいるため、逆に**自分のオナニーに対し油断しきっている女というのがいる**のだ。

おそらく男性の場合、家族などにバレないように細心の注意を払ってやるだろう。家をさけ個室ビデオ屋でやるなどという用意周到な者もいると聞く。

しかし**油断している女はやることが大胆である。彼氏や配偶者が寝ている真隣でやったりする。**見た目はただのうつぶせ寝（床で股間に圧をかけている）なのでバレないと思っているのだ。

だが最近「結構バレている」という衝撃の事実を耳にした。マジかよ、と思った。

しかし彼氏や夫もわかったからといってどうともできないのだろう。逆だってそうだ。たとえ彼氏がモロ一人で励んでいる場を見てしまったとしてもドヤ顔で指を差し「ダウトー！」と叫べる女などそうはいない。少なくとも私は「見なかった」ことにする。

だから男とて隣で彼女がＤＩＹを始めたとしても「気づかないふり」をするしかないし、それが正しい。

結局、みんなやってんだから他人のそれに関しガタガタ言う方が間違っている。

よって彼氏の部屋に初々しい妹があったとしても、そういう花瓶だと思って花の一本でもその穴に生けてやるのが良い女ということだ。

【 TENGA －てんがー 】

株式会社典雅が販売するオナホール。販売開始は2005年7月7日。以来、世界60カ国以上で累積7000万個以上が出荷されている（2018年10月現在）。

「旧来のオナホールはぶっちゃけ痛かったが、TENGAだけは違う!!」とは担当編集者の友人の熱弁である。なお、ゴラク編集部では某密林社より宅急便が届くと、「アイツTENGA買ったから今日は飲まねえで帰るに違いねえ」とオナニーがモロバレだそうである。

（協力：株式会社典雅）

猥談ひとり旅

06

ヒモパン論争

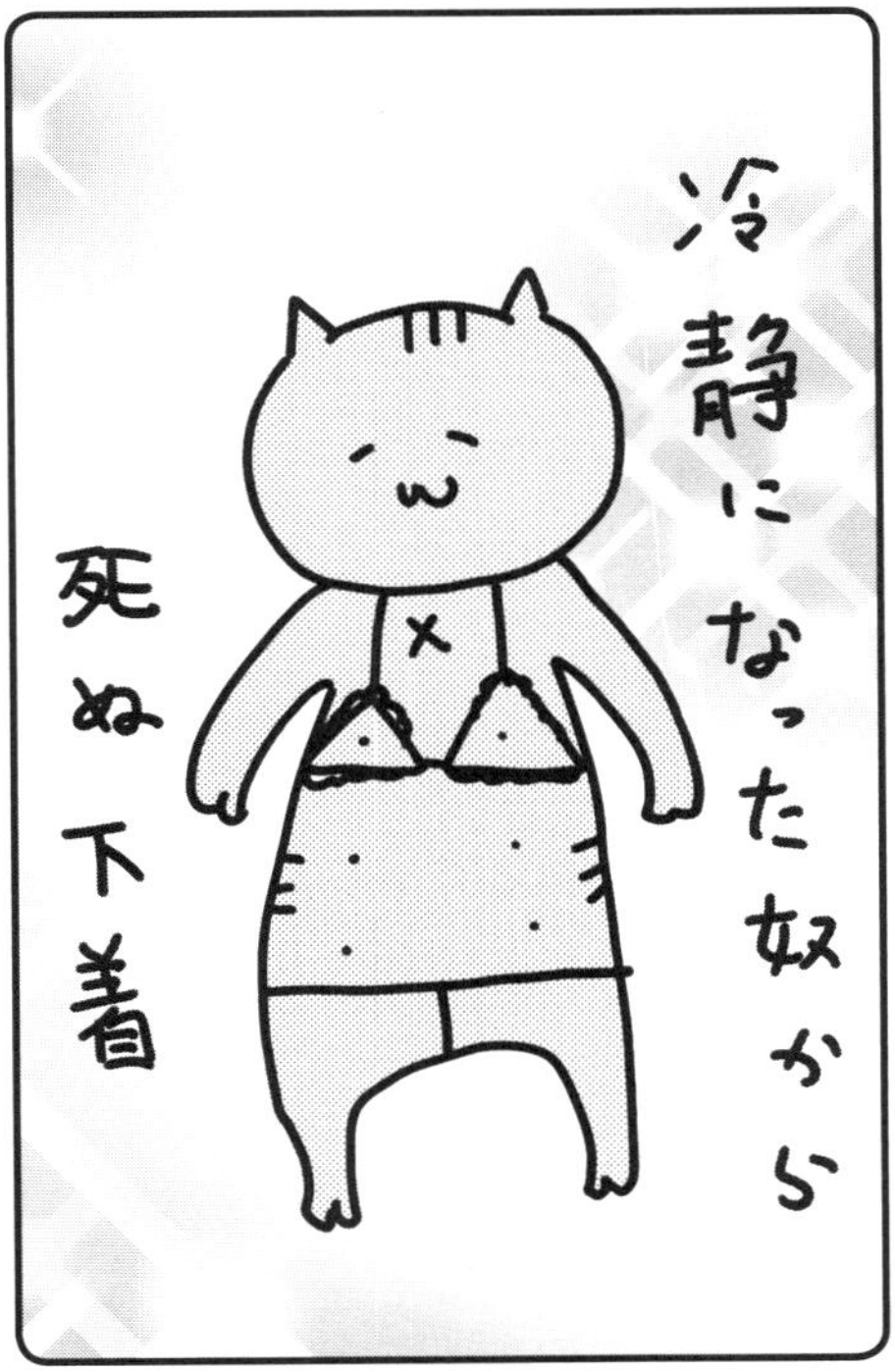

防御力・エロ度共に0

「家の洗濯物にヒモで両サイド結ぶ下着があり、妻に『**お前こんなエロいのはいてるのか**』と詰め寄ったら『**あんたその話するの3回目**』と返されました。夫婦生活は魔物が潜んでますね」

担当からのメールに書かれていた小話である。

私がこのコラムをいかに自分自身のエロ話をせずに済ますか神経をすり減らしている中、いとも容易くパーソナルな話をして来るから、やはり日本文芸社社員は油断がならない。

しかし、その紐が貴様のための紐かは置いておいて、未だに嫁が紐パンをはいてくれるなんてありがたい話である。

今現在、私がはいているパンツについて詳しく書くと、大体の人間が読むのを止めるか雑誌を真っ二つに裂き男塾が前編と後編に分かれてしまったりするので割愛するが、一言で言うなら「杜撰《ずさん》」である。

サイドが紐になったぐらいでどうと言うことはないだろうという気もするだろうが、あそこが紐状になるだけでゲームの装備品で言うところの「防御力が落ちる」のだ。そして「お前に私が守れるのか」という不安感が増すのである。
やはり**パンツという物は布が多ければ多いほど防御力が上がり、安心感、安定感があるの**だ。

別に女に安定させるモノはないだろうと思うかも知れないが、**女だって気を抜くと色んなものが男以上にジャンジャンはみ出す**ので、やはり下着の防御力が高いに越したことはない。
だが**下着には防御力を上げれば上げるほど下がるものがある**。言わなくてもわかると思うがエロ度だ。
そして世の中には**防御全てを犠牲にし、エロ度を最大限に高めた下着が存在する**。まさにノーガード戦法である。
そういった下着は**サイドどころか全体が紐**である。一体それで何を隠せるというのか疑問だが、その紐のおかげでモザイクをかけず法にも触れずほとんど裸の女を世に出せたりするという松居一代グッズに加えて良いぐらいの便利紐なのだ。
それに何も全部出ているのが一番エロいというわけではない。**逆に紐をチョイ**

足することにより、全裸よりエロい着衣というのが成立する。

エロ漫画でも頑《かたく》なに女の靴下を脱がさない作家がいるが、あれはそういう効果を狙ったか、ただの趣味だ。

「エロ下着」に正解など存在しない

また、ただ面積が狭ければ良いというわけではない。0・02ミリの下着等、コンドームみたいな張り合い方をされても、今度はそれを着るモデルの方が0・01ミリの乳首という壁に挑まなければならなくなる。

よって、パッと見は普通の下着だが**局部に穴が開いているパンツ**というのも存在する。

もちろん脱がずに小便が出来る便利グッズではない。パンツを脱がさずに挿入が出来る仕様なのだ。

そんなパンツを脱がす時間も惜しいようならセックスなんかするんじゃないとお怒りの方もいるかもしれないが、もちろん時短のためではない。その方がエロいからだ。

またブラジャーの方も負けじとブラジャーの枠部分のみが存在し、**乳自体は丸出しという斬新なアイテム**を打ち出している。意味がわからないと思うが、当然エロい以外の意味はない。

恐らくそれを着るのは全裸より恥ずかしいと思う。しかし**エロに没頭するにはまず羞恥を捨てるべき**と言われている。確かに、恥ずかしいからと部屋を洞窟かというぐらい暗闇にされたら何としているかすらわからないし、終わってみたら義父を抱いていたという事故も起こりうる。

だが逆に**羞恥こそエロには必要という主張もある**。特に日本人はこれを唱えがちだ。さすが侘び寂びの国だけある。

つまり、ドアを開けたらNカップの金髪美女が裸にガーターベルト、真っ赤なハイヒールだけ履いて仁王立ちしていたら嬉しいかというとそんなこともなく、逆に「チェンジ!」と言ってしまう人もいるというわけだ。

下着は地味、できれば白が好ましいと思っている者もいる。女は男以上に色んなものをジャンジャン出すため白の下着なんか汚れやすくて着られたものではないが、そういう幻想を持っている男は一定数いるだろう。

逆に、今夜はやりまっせ！　と言わんばかりの下着より「今日はそんなつもりではなかった」というような言わば**「杜撰」な下着の方に魅かれるという男もいる**という。

このように**たかだか布一枚に無限の可能性が秘められている**のだが、そもそも男は女の下着なんか見ているのかという問題もある。当然中身にしか興味がなく、障害物でしかないと思っている男もいるだろう。

中には女の下着が上下揃っていないだけで萎えるという神経質なタイプもいるというが、それは相手に「下着を揃えるまでもない相手」とジャッジされたということなので一から出直してきてほしい。

猥談ひとり旅

07

エロにコミットせよ

エロが世界を救う

「コラムのネタですが、アダルトVRなどいかがでしょうか」

なかなかされない提案だ。遙か遠くに来た感がある。

昨今、頻繁に「VR（仮想現実）」のことを耳にするようになったが、私はまだ未体験であるし、一般家庭に普及しているとも言いがたい。

しかしアダルトビデオのおかげで一般家庭にビデオが広まったというのはあまりにも有名だし、インターネットだって12割はエロを見るために存在する。

つまりこれからVRが広まるか否かは**どれだけエロにコミットできるか**にかかっている。これは責任重大だ。

そんな責任感のある匠《たくみ》たちの手によってすでに「アダルトVR」は開発されているという。

どういうものかと言うと**「360度パノラマビューの豪華な室内で会ったこともない美女とセックスしている感覚を味わえる」**らしい。

「会ったこともない美女とセックス」。パワーに満ち溢れた言葉だ。期待が持てる。

簡単に言うとアダルトVRとは「AVの世界に入ってAV男優になったかのような感覚が味わえる」というもののようだ。

セックスを超えたオナニー

つまり**「俺が、この俺がしみけんだ」**ということである。誰もが勇者になって世界を救いてえとは思っていない。そんなことより会ったこともない美女とセックスだ。

だが、相手はもちろんVRなので触れるわけではない。逆に空しくなってしまう恐れがある。**オナニーに空しさはご法度**だ。そんなものは終わった後で死ぬほど味わえる。

よってアダルトVRを楽しむにはVRを視聴するヘッドセットの他に助っ人を用意したほうが良いとされている。

まず用意するのはどこのご家庭にもあるダッチワイフだ。押入れをあけたら2・3体は入っているあれのことだ。

ダッチワイフと言っても、オリエント工業が出しているような人間と見まごうばかりのものである必要はない。視覚的には目の前に見たこともない美女がいるのだから顔はいらない。つまり胴体のみ。おっぱいと挿れる穴だけある首なしダッチワイフでＯＫだ。

そのダッチワイフを抱きながらＶＲを視聴することにより、本当にその見たこともない美女とワンナイトラブしているような感覚を味わえるのだ。

だがそれでも物足りないという人もいるだろう。そんな人のために**「ＶＲオナニーお勧めグッズ」**というページがすでにある。全くこの世には責任感のある奴が多すぎじゃないだろうか。

そのページによると次に用意するのはオナホだ。

それならダッチワイフにもついているではないかと思うかもしれないが、それとは別に**「リアルにフェラチオされている感覚が味わえるオナホ」**を用意するのだ。

なるほど、**セックスとフェラは全く別腹**、という考えらしい。新発見である。紹介されているオナホは、モーターが横回転することによりリアルな感覚が味わえ、さらに強弱の調節も自由自在だという。

もはや最新家電の話をしているみたいになってきたが、オナホというのは元々「家電」というカテゴライズなのかもしれない。

これで見たこともない美女とセックス&フェラが可能になったわけだが、まだ甘い。ゴラクの読者ならもう2億%の人がわかっていると思うが「乳首」だ。

もちろん男の方の乳首の話である。何かと無視されがちな男の乳首だが、専門家によると**乳首にノータッチなんて酢飯だけ食ってトロを残す**に等しいという。

よって最後に用意するのは**「乳首責めパッド」**だ。

本当にそういうオナグッズがあるのだから仕方がない。むしろ匠の責任感と使命感の賜物を笑うなど万死に値する。

このパッドを両乳首に装着し、スイッチを押すと**めくるめく乳首責め**が体験できるという。

頭にヘッドセット、両手にダッチワイフとオナホ、そして胸には乳首責めパッド。完璧である。RPGで言うところの「伝説の装備がそろった」状態だ。

これはもはや**セックスを超えたオナニー**だ。逆に「セックスなんてしてる場合じゃねえ」と、少子化がさらに促進するんじゃないかと思う。

だが最強のVRオナニーにも欠点はある。「絶対やっている姿を人に見せられない」という点だ。

アダルトVR界の伝説の装備というのはRPGのそれと違い、**装備している姿が「完全に変態」**な上、本人は仮想現実の世界に没入しているだろうから家族が部屋に入ってきたことにも気づかず、嫁の目の前で見たこともない美女とフィニッシュしてしまう恐れがある。

しかし一番最悪なのは子どもに見られるパターンだ。幼少期の家庭内トラウマ第一位は「親のセックスを見る」だが、それに「親父のVRオナニーを見る」が食い込んできて、デッドヒートを繰り広げる未来が容易に想像できる。

よって個室ビデオ屋のようにアダルトVRが楽しめる施設を作ったらいいのではないだろうか。

今、すごくまともなビジネスチャンスの話をしている。だが残念ながら実行に移す資本がない。

将来そういった施設が生まれたらこのページを見せて「すでに予想していた」と自慢することにしよう。

だが、誰相手にだ？　お母さん？

猥談ひとり旅

08

ズッ友de ドーピング

お前がいるから俺はヤれる

「ドーピングの話なども良いかもしれませんね」

え、もうシャブの話ですか。担当の提案に私は立ち上がり、そしてまた着席した。

確かに漫画ゴラクさんはシャブに関しては一日の長がある。むしろ**シャブ以外は駄菓子**ぐらいの感覚だろう。

ガキ共が違法だか合法だかもわからない半端なドラッグで腰抜けキメセクに現《うつつ》を抜かしている一方で、**ゴラクさんはストイックにシャブ一本**。それもアブリとかではダメだ。ポップさが出てしまう。**注射器、誠意の注射器**。もちろん腕とかには打たない。女の御居処《おいど》と観音様の間にキューッとやって自分のお地蔵さんをズブーッ、カーッこの時のために俺たち生きてやがるな、といった按配だ。渋い。

このようなシーンをゴラク誌面で見たことは一回もないが、それでも探せば出てきそうなのがゴラクの怖いところである。

ゴラクとシャブがズッ友なのはわかっている。しかし逆に「出すのが早すぎないか」という気がする。切り札は最後までとっておくべきだし、せめて**ゴラクが**

ピンチのときにシャブが助けにくるみたいな熱い展開にしたいと、誰も知らないだろうが一応漫画家なのでそう思ってしまうのだ。

ここまで期待を持たせておいて恐縮だが、担当の言うドーピングとは「バイアグラ」またはドラッグストアなどで売られている強精剤のことだと判明した。

腰抜けかと思ったが、確かにシャブは法にさえ触れてなければ妹の旦那にしたいほどすごく良い奴なのだが、割と普段使いするには敷居の高いところがある、いわばオシャレ着なのでまずはカジュアルな方の話からしよう、ということだろう。

強精剤。端的に言うとメチャクチャ勃たせる。さらに何回でも勃たせる。男根に不屈の精神を宿すことが目的の商品だ。

ドラッグストアに行けばまず置いてあるし、その種類も豊富だ。中には1本数千円するものもある。名前も「絶倫ゴールド」など非常に直接的だ。しかし、どこにでも置いてあるということはそれだけ売れているということだ。つまり**男にはいくら出してでも勃たせなければいけない夜がある**のだろう。

担当も飲んだことがあるらしいが「特に効果は感じられなかった。気分の問題でしょう」とのことだ。

だったらついでに飲み終わった瓶も捨てずに、その日の戦に連れて行けば良いのではないだろうか。お守りになるし、銃弾を防いでくれるかもしれない（**ゴラクの世界では銃撃されることも日常茶飯事だ**）。そして何より自分のモノが役に立たなかった時、代わりとして女に突っ込むことができる。何せ絶倫でゴールドだ。そっちの方が良いかもしれない。だったらそりすぎマッチョは瓶もそらせた方がいい。

当然ながらそれらの商品はほぼ全て男性むけに作られている。

しかしそれは「女が男ほどセックスに重きを置いていないから」というわけではない気がする。

ただセックスの「男が勃たなければはじまらない」というシステムの問題だろう。

例えば、**ちくわの穴にだってパリっとしたきゅうりなら入れやすい**が、豆腐を片方の穴から奥まで詰めろと言われたら「何か意味はあるのか」「やめた方が良いのでは」となるはずだ。

苦労して入れたとしても、今度はその豆腐を出したり入れたりしろと言われたら「やめだ！　やめだ！　解散！　就寝！」である。

男は絶倫ゴールド、女はローション

その点、女は物理的にセックスが完全に不可能な時というのがほぼないのだ。「今日は調子が悪くて穴が完全に塞がっている」ということがまずないのである。

もしそういう構造だったら**ドラッグストアに「開門」とか「開け勝鬨橋」とかいう商品が並んでいたかもしれない**。

しかし、いついかなる時もセックスをやってやれないことはない、という方が厄介な時もある。やれない時はないが、やりたくない時は当然あるからだ。

セックスを拒む。女だけではなく男にとっても時として重労働だろう。しかし男であれば勃たなければそこで話は終わりだ。たとえどんなおぼろ豆腐でもねじ込ませてみせるというガッツのある女が相手でなければ回避できる。

その点女は気分が乗らないとか（生理もあるが、それでもやれないわけではない）そういう曖昧なことしか言えないので相手を説得しづらいし、気分を害されることもある。それが面倒で嫌々応じているという女性も少なくはないのではないだろうか。

それが**気分じゃない時は穴が完全に塞がるシステムだったらどんなに楽だろう**。相手もそれを見れば瞬時に納得だ。

そこでスコップやドリルを持ってくる男とは別れよう。

では女にとって「絶倫ゴールド」みたいなものはないかと言うとそんなことはない。

ローションだ。強精剤が気分の問題なのに対し、死ぬほど物理的である。

男は絶倫ゴールド、女はローション。そこまでしてでもヤらなければいけない夜が人にはあるのだろう。

猥談ひとり旅

09

ちゃんとしたハプバー

ちゃんとしてれば(多分)OK

乱交を
「ハプニング」の
一言で
すませていいのか
イエーーイ

「乱交が苦手です」

担当の言である。確かに「十八番です」と言われるよりは信用がおけるが、そのような結論に至った理由が**「昔仕事でハプニングバーに行き、複数の男女が全裸でイエーイみたいな現場を見たのがトラウマ」**だからだそうだ。

ちなみに**「同僚とピンサロでツレヌキも無理」**とのことである。

乱交、仕事でハプバー、ツレヌキ。必殺技を連続で出しすぎだが、つまり担当は「そういったことは2人で厳かに行いたい」という侘び寂びの精神について語りたかったのだと思う。

「セックスは、ひとのいないくらいところでふたりでやろう」。千利休が、そんなアニメが始まる前の注意文みたいなことを言ったかどうかは知らないが担当の気持ちはわかる。

エロ事というのは、1対1かつ他に人のいないところでやるのが基本ルールだ。しかし世の中には、2人が3人4人と競技人口が増えて、最終的に大乱闘ス●●ッシュ●●ザーズになっているプレイもあるという。

しかし乱交というのはあるらしいが見たことがない、という私にとってガンダーラのような存在である。

ガソダーラ、ガソダーラ（ジャスラック対策）**愛の国ガソダーラ**。確かによく聞いたら乱交のことを歌ってなくもない。しかし実際の乱交はインドではなく普通のマンションの一室とかでも行われているらしい。つまり隣の部屋でもスマッシュしているのかもしれないのだ。**乱交と青い鳥は意外と近くにあるものなのかもしれない。**

しかし、そんなハンドメイドでアットホームな乱交パーティにいきなり出席するのは敷居が高いし、何が正装なのかもわからない（全裸に荒縄とかだろうか）。そんな初心者が気軽に乱交に触れ合えるのが上記のハプニングバーである。そうハプニングバーだ。あまりにもサラッと言われたので聞き流すところだったが、仕事でハプバーに行くことはそんなにない。

そもそもハプニングバーとは何なのか。

ハプニングというからには予期せぬことが起こるのであろうが「お母さんがい

た」とかでは困る。ハプニングの種類ぐらいは明らかにしておいてほしい。

まず、ちゃんとしたハプニングバーは会員制で、身分証の提示が不可欠だそうだ。

「ちゃんとしたハプニングバー」という言葉自体、何かおかしな気がするが**「最高の変態は最高の紳士である」**という言葉を私が今作ったとおり、身元のはっきりしたハプニング以外はそこでは出してはだめなのだ。

またプレイゾーン以外のハプニング行為は禁止だそうだ。つまりプレイゾーン以外にいれば、いきなり後ろからハプニングを入れられるということはない。よって、そこで起こるハプニングを見学するだけということも可能なのだ。

ハプニングは起きるものじゃねえ、起こすものだ

ではプレイゾーンでどんなハプニングが起こるかと言うと、強要と店側の提示するNG行為以外は割となんでもして良いらしい。

カップルで来て、ただそこでセックスしてもいいし、**商談が成立すればそこで出会った者同士でスマッシュ**してもいい。逆に数時間オナニーだけして帰っても

いいそうだ。風俗と違い、あくまで素人が集って好きにやるのがハプニングバーというわけである。

つまりハプバーは**「ハプニングは起きるものじゃねえ、起こすものだ」**という、何かと受身になりがちな日本人が大いに自主性を発揮している貴重な場である。もちろん誰かが起こしたハプニングに巻き込まれに行っている者もいるだろうが、全員それでは純喫茶になってしまう。

またハプニングバーの一番のハプニングたるゆえんは「出会い」だろう。プレイ内容だって、ちゃんとしたハプバー（ちゃんととは何なのだろう）だったら、そこまで常軌を逸したことはできないはずである。

しかし、人前でするのは好きだがスワッピング趣味はないと思っていたカップルが、そこで**たまたま出会ったカップルと意気投合し、4P初体験。気づいたら彼氏同士がスマッシュしていたというハプニング**が起こるかもしれない。

それに一度しか会わない者もいるだろう。ハプバーの常連率はわからないが、いつも全く同じメンツで乱交というのはあまりないのではないだろうか。**同じ波**

が二度と来ないように、その乱交も今しかない。ならば乗るしかないだろう。

つまりハプバーというのは「一期一会」の精神を大事にしている。侘び寂びがないようで割と日本の心に即した施設なのである。

本項を読んだ方は全員**「次のプレミアムフライデーはハプニングバーでキマりだな」**と思っておられると思うが、その際注意することがある。

「見学だけ」のつもりでも生スマッシュを見るとどうしてもそういう気分になってしまい、そんな予定のなかった相手とその場でハプニングしてしまう場合があるのだという。

つまり「ヤリたくない相手とはハプバーに行くな」だ。偏差値2ぐらいのアドバイスだが、心にとどめておくと良いだろう。

猥談ひとり旅

10

私がオバさんになっても

性癖に理屈無し

細かい理屈ヌキで
ただフェチの客もいる
お母さん大好き

何かと当コラムにネタを提供してくれるゴラクの弱虫ペダル・ＢＬ好きの女子部員（32）だが、先日（33）でしたと訂正があった。

下にサバを読むのはよくあることだが、上方修正してくるとは信用できる。気に入った。このページを1週やるから、貴様の好きな弱ペダＢＬカプについて語ると良い。

しかし、**日本文芸社と秋田書店がケンカするというのは、会社というより組同士の戦い**なので、近隣住民への配慮を考えると残念ながらそれはできない。

ただ個人の感想を述べると、**日文はドスとチャカを持ってきそうだが秋田はチェーンとかメリケンサックを持って来そう**である。

ちなみに私は34歳であり、弱ペダＢＬ女（略称）とほぼ同年代であり、世間から見ればすでにババアであり、ＡＶでも同級生のお母さん役や「逆にセーラー服を着せてみた」「女相撲」「鼻フック」が舞い込む年代だろう。

メディアはこぞって若い女を持ち上げる。アイドルなんて20歳過ぎれば女相撲カテゴリだし「逮捕されるまでがＪＫビジネスです」というぐらいしょっぴかれているにもかかわらず、JKで儲けようとする者は後を絶たない。**若い女は金脈なのだ**。

それを考えると**34歳の自分など、あらかた掘り終わった上に粘土ぐらいしか出なかった山みたいなものであり、すでに閉山と言っても過言ではない**。

しかし、その「世間の需要は若い女にしかない」という私の考えこそが産廃であると、二次元の青少年同士のアナルセックスをこよなく愛する33歳漫画ゴラク在籍女性（正式名称）からのリークで明らかになった。

「熟女風俗」が大人気だそうなのだ。

熟女というのは「私もうオバさんだから」と言いながら、まだ全然20代に見えると思っている30のクソババアのことでない。**40代50代、果ては60代の正真正銘の熟女**だ。

先の項で、30歳の人妻をデリバリーしたら明らかに60代が来たという話をしたが、この界隈にしたら**30歳が来たほうがチェンジ案件**であり「俺はロリコンじゃねえぞ」とキレられてもおかしくないというわけだ。

では、そこから派遣される熟女たちは、所謂《いわゆる》「美魔女」のような口にしたら最後、後世まで指を差されて笑われるような**若作りババアではなく、本当に普通のオバさんが多い**のだと言う。

なぜ、「熟女風俗」は求められるのか

ではなぜ安くない金を払ってまで普通のババアを召換するのかというと「若くてキレイな女だと気遅れして楽しめない」からだという。

情けない話のようだが、気持ちはわかる。私だって、もし出張ホストを呼ぶとしたら「メケメケを歌ってた頃の美輪明宏みたいなの頼みます」とは絶対言わない。**「何の才能もない星野源って感じのをよろしく」**と言うに決まっている。

確かに、高い金を払って呼んだ自分より遙か年下の女に「お仕事とはいえこんなオッサンの相手大変ですねえ」などと気を使いながらするより**「おいババア！シワだらけでどこに入れていいかわからねえよ！」**と毒蝮三太夫ぐらいフランクにいけたほうが楽しいに決まっている。

それを考えると、何のためらいもなくＪＫを買えるオッサンというのはメンタ

ルが強い。己を卑下するということを知らぬ、若干淫行罪で買春犯なところはあるが、イイ男である。

世間の男は若い女が好きというのはあながち間違いではないが、いざプレイをするなら自分と同年代か少し下、レベルもそんなに高めでない方が良いというわけだ。

しかも、これからさらに超高齢化社会を迎えるのだ。風俗の顧客もさらに高齢化するだろう。その内、**熟女需要が若い女を越える日が来るかもしれない**。

つまりこれからは、私やアナル女（略称）の時代である。あらかた好景気が終わった時代に生まれてしまった我々だが、そういう意味ではベストタイミングである。

しかしそれはあくまで風俗需要だ。これから先私が風俗で働く可能性があるかというと、実ははっきり「ない」とは言いきれない。

熟女風俗在籍の熟女は普通のオバさんが多いと言ったが、それはマジで普通のオバさんだったからだ。それまで風俗経験は皆無。諸事情により熟女になってから風俗勤務をしだしたという者も少なくないと言う。

諸事情というのは文字通り**「性欲が売るほどある」と言う者もいるが、多くが生活のためなど金が必要だからだそうだ。**この理由はいつの時代も老いも若きも変わらぬようだ。

だがお金が必要な理由も「生活費」や「養育費」などから「老人ホーム入居資金」へとさらにグレードが上がりつつあるらしい。

ちなみに熟女風俗の常連は熟女よりさらに年上男性も多いようなので「最近来ないな」と思ったら「亡くなっていた」ということもままあるようだ。

風俗のことを調べていたはずなのに、調べれば調べるほどしんみりしてくる。性欲がうなぎ下がりだ。

ともかく、世間の需要が自分にないと嘆くよりは、必要とされている場所を見つけたほうが早いのかもしれない。

【 漫画ゴラク 】

1964年創刊の漫画誌。71年に週刊化。「義理と人情、色と欲」を旨とする。著者の方々が、その理念の中で力を発揮、漫画作品へと昇華しているが、編集部員にはどうやら「色と欲」ばかり浸透してしまったようだ。

時代により好む色は変遷。以前はキャバクラ、スナックなど多少は恋愛が絡むジャンルを善しとしてたが、今はどいつもこいつも、がっつり射精系一本槍。こんなことまで過程よりも結果を重視するのは、なんだか世の流れみたいっすね。

猥談ひとり旅

11

28本の男根

真面目に28本つくりました

「オランダにセックス博物館があるようです」

またしてもゴラク在籍の33歳BL好き女子からのリークである。情報提供はありがたいが他の業務に支障をきたしていないだろうか。

「セックス博物館」。力強い言葉だ。**意味としては「桃源郷」に近い**。

場所はアムステルダム。しかも中央駅付近に割と堂々と存在しているという。

さすが大麻が合法の先進国、こっち方面でも先んじている。それに比べたら日本などまだ旧石器時代だ。追いつくためにも、早急に大麻を合法化するなどの対策が必要である。

しかしセックス博物館などと言っても、秘宝館と同じで巨大な男根像とか作りが雑なエロ人形が置かれているだけだろう。そんなものを延々見せられ続けても逆に萎えるだけだ。それより**バッチリおセックス様が拝めるエロ動画でも見ていたほうが良い**。

そう思った人がいるなら完全な現代病だ。今すぐ病院へ行って「セックス博物館よりAVを見てしまう」と相談しよう。そうすればすぐに、もっと大きくて堅牢な病院を紹介してもらえるだろう。

これだけエロが安易に見られる世の中でも、普通の美術館で「ヌード展」をやると客が倍増するのだという。もちろん芸術的ヌードだ。全然エロくない。それでも来るのである。

何もそこに来る人間が、そういう機会でもないとヌードが見られないという、昭和の中学生以下の環境にいるというわけではないだろう。だが**ヌードと聞いたら駆けつけずにはいられない**のだ。

何という探究心だろう。**エロであればどんな小粒でも拾う。一日48時間、常にシャワーのように浴びていたいという貪欲さ**だ。

逆に**エロ動画があれば十分などと言っている人間は、エロを軽んじている**といえる。

さてオランダのセックス博物館であるが、まず**看板には「SEX MUSEUM」と書かれている**。親切だ。

確かに「秘宝館」だと、何かすごい宝が展示してあると勘違い（お宝には違いないが）して家族連れが入館、触発された両親により家族が増える恐れがある。

実際、セックス博物館の写真を見たが、**キレイで明るく、整然とエロが並べられている。**

「セックス博物館て」と最初は思ったが、逆に「博物館」以外表現のしようがない。

展示物は毎度お馴染み、巨大な男根像の他、性器を模した謎のモニュメントやエロ人形も多数あるが、思った以上に写真が多いようだ。

それもSM写真から同性愛の写真まであるという。これには33歳BL好きも大満足だろう。

他にも昔のエログッズや、実際使われた貞操帯なども使い方が図解で展示されているという。

正直普通に興味深く、見入ってしまいそうだ。**大麻のついでに寄ってみたいスポット暫定No.1である。**

しかし、**クリスタルで出来た男根や、男根が28本**（わざわざ数えた）**円状に並べられたオブジェなどを見ると、熱海と同じ風を感じる。**

しかし、常人なら7本ぐらい並べた時点で正気に戻ると思うので28本並べきったオランダ人は、マリファナは合法でもわりと真面目で職人気質なのかもしれない。

さらにトイレの手洗いは、女性器を模してあり、そこから水が出てくる。このぐらいになると「おっ。いよいよ度を越した悪ふざけが始まりましたよ！」とワクワクしてくるが、その先の「コンドーム膨らまし機」まで行くと「もしかしてすごく真面目な人が作ったのでは……？」という疑念が湧いてくる。

真面目な人が真面目を極めると、ふざけた奴よりよほど性質の悪いことになるのは有名な話である。

セックス博物館に対する心構え

確かに**エロの探求というのは、おそらく人間史が始まって以来、全世界で一秒たりとも休むことなく研究されてきたであろう分野だ。**だんだん目新しいことを見つけられなくなるのは当然であり、見つけたと思ったら中国が４０００年前に通過したプレイだったりするのである。

それでも新機軸を見つけようと、オランダのエジソンが99％の努力と1％のひらめきで開発したのがこの「コンドーム膨らまし機」なのかもしれない。

もちろんマリファナを吸いすぎた人が99兆％の思いつきで作ったものかもしれないが、色々想像をかきたてられる物が展示されているのは事実だ。

ゆっくり見て回っても1時間程度らしいが、おそらく**館を出るころには「しばらくエロはいい」と思うか「セックスってなんだっけ」とゲシュタルト崩壊を起こしているのではないだろうか**。

これは逆に「しばらく性から離れたい」というストイックな気持ちで行くべきなのかもしれない。

もし出てすぐ「次は飾り窓」と、おかわりしに行く者がいたなら、ホンモノの探求者である。

世の中にはスケベを公言しながら、朝から早朝バズーカならぬ、早朝フィストファックをかますと怒り出す、なんちゃってスケベばかりだ。**スケベを名乗るなら昼夜問わず、常にエロを洪水のように浴び続けていたいと思えるぐらいでなければダメ**なのだ。

猥談ひとり旅

12

性病界の4番になる方法

京都行ってる場合じゃない

「この前、思うところがあって、性病の検査をしてきました」

担当の言である。

なぜ、京都に行くノリで性病検査をしに行ったのか「思うところ」の詳細を聞きたい。極論を言うと「性病検査に行こう」と思いつく童貞はいないのだ。**心あたりあっての検査**である。

そして**それが担当の最後の言葉となった**。

と言えたらこのコラムも少しは人気が出たと思うのだが、**不幸にも**（私にとって）**陰性だった**ようだ。

しかしもちろん笑いごとではない。れっきとした病気だ。痔やアナルに娘のプリキュアフィギュアを入れて取れなくなったのと同じぐらい、病院に行きづらい病気であることは事実だが、もちろん早めに行った方が良い。特に後者は一刻も早くメンタルの方のクリニックに行った方が良い。プリキュアを抜くのは後回しでもいいぐらいだ。

なぜ病院に行きづらいかと言うと、場所は性器さらに原因がセックスという合わせ技の倍プッシュだからに他ならない。

しかし一言で性病と言っても種類がある。中には**複数の性病を抱え「好きなの持って帰っていいぞ」という太っ腹な奴もいる**そうだ。

その中で男女ともに感染率が高い**性病界の4番のエースは「クラミジア」**だそうだ。

長い人生、股間の一つや二つ、一本や二本痒い時はある。痒みぐらい我慢できると思うかもしれないが、クラミジアの菌は男なら睾丸《こうがん》や前立腺、女なら子宮まで達し、不妊の原因になることもあるし、肝臓に行って激痛を引き起こすこともあるそうだ。重ね重ね笑いごとではない。

ちなみにゴラク編集部では「他所でもらった性病を嫁にうつして修羅場」ということがたまに起こるそうだ。

私はゴラク編集部に対し「全員の机にドスが垂直に突き刺さっている」等、多分偏見と思われるイメージを抱いているが、たまに「そのまんま」であることが判明するので大変ほほえましい。多分、半分ぐらいは机にドスが刺さっているのだろう。

しかし「性病」と言っても、本当に原因はセックスオンリーなのか。

「カンジダ」に関しては、人間が本来持っている菌から発症するものらしいので、性病でありながらセックスが原因ではないそうだ。つまりパートナーがカンジダになったからといって、短気を起こしてその部分を切り取ったりしてはいけない。

コンドームにより人生が守られた人間も大勢いる

またカンジダを発症するのは女が多いそうだ。性器の構造が複雑なため、菌が繁殖しやすいらしい。なので男でも包茎の方がかかりやすいという。

つまり今後**包茎の人は包茎と言わず「俺は性器の構造が複雑だから」と言えば良い**のではないだろうか。逆に、構造が雑な露茎よりグレードが上のように感じられる。

しかし他の大半の性病の主な感染経路はやはりセックスらしい。

トイレや公衆浴場などからうつる可能性もゼロではないが、確率的には相当低いそうだ。

だが、**どうせ性病にかかるなら、もう原因はセックスであってほしい**と思う。

逆にセックスもしていないのに性病になるほうが納得がいかない。**「性病持ちの童貞」なんて一刻も早く誰かセックスしてあげるべき**だ。

セックスは楽しい。だがリスクもある。セックスのおかげで全く好きじゃない相手と結婚することになったり、家庭が崩壊したり、した相手によっては芸能活動自粛、逮捕などということもあり得る。

だがしかし**「いいじゃない、セックスしたんだから　みつを」**という気もする。自らの股から自然界ではありえない色の液体が生み出されたとしても「あの時のJCか！」と思えば、悔いはないだろうから心置きなく逮捕されてほしい。

だからこそパートナーがよそでもらってきた性病をうつされた者の怒りは尋常ではないだろう。損しかしていないのだ。

では性病の感染を防ぐにはどうしたら良いかというと一番はセックスをしないことだが、どうしても便宜上しなければいけない時はコンドームを使用することにより防げるらしい。

こう考えると**コンドームさんの防御力はすごい。池上よりディフェンスに定評**

がある。

男性器と女性器、プレイによってはチンコとアナルの間に挟まれるという、どんなブラック企業でもここまでハードなものはないだろうという中間管理職を文句ひとつ言わずにこなしていらっしゃるのだ。

コンドームをつけなかったことにより人生がくるった人間がいるということは、**コンドームにより人生が守られた人間も大勢いる**ということである。

オリンピックの選手村ではコンドームが配られるというのは有名な噂だが、次のオリンピックに向けて、コンドームメーカーは「オリンピック前にさらに薄くする」と、こちらも新記録を狙っているらしい。

これだけ人間の英知と技術を集結させたものである。もはやつけない方がおかしい気がする。もうセックスする予定がなくても、ファッションとしてつけて外出してもいいんじゃないだろうか。

猥談ひとり旅

13

野エロのすすめ

キミ(と車)にロックオン

13 野エロのすすめ

すっかり春である。

しかしまだ冬のころ、担当のメールには「この季節の野外プレイは命に関わるようです」と書かれていた。

なるほど、実際その戦場に立ったものにしかわからぬ死線というものがあるのだろう。

皆さん、**野外プレイ**、すなわち**青姦**、**野エロ**をしたことがあるだろうか。ゴラク読者は全員、**夏の季語は青姦、春は青姦のし始め、秋はし納め、冬はコタツでアイス食う感覚であえて青姦**、屋内でするのは災害時のみという、ガッツのある小学校の運動会みたいだと聞いている。

そんなストリート系の皆様の前で恥ずかしいが、自分は野エロ未経験である。

まず野エロの良さとは何なのか。一番の魅力は家がなくても出来るという点だろうが、二番目は開放感、スリルなど、屋内では得られぬ興奮が得られるからだろう。

しかし世の中には、**青姦を楽しめる人間と楽しめない人間がいる**。むしろその二種類しか存在しない。

まず、見つかった時のことを想像してしまう奴は向いてない。見つかった時のことを想像して勃起が止まらなくなる奴以外はやめた方がいいだろう。

また集中力がない奴も向いていない。集中力がないというのは青姦のみならずセックス自体に向いていない場合が多い。

好きな男の胸の中で別の男の夢を見るどころか、突然挿入最中でさえ「トレンディエンジェルのたかしじゃないほう誰だっけ?」などと考え出すのだ。

こちとらが一生懸命行ったり来たりしている間に、相手がうすらハゲのことを考えているというのはやりがいがないにもほどがある。

屋内でもこれなのだ。野外だったら尚更である。視界にちょっと見たことない虫が入っただけでその試合は終了だ。

つまり**青姦は、先のことは一切考えず、エロに入ると周りが何も見えなくなるタイプが向いている**というわけだ。多分長生きできないタイプだと思うので、もう野エロぐらい自由にやらせてあげればいいと思う。

よってせっかく家がなくても、冷静さとか判断力があるとなかなか外でとはいかないものだ。

しかし、野エロや思春期の娘の部屋などには劣るが、ややスリリングな場所がある。

カーセクのメリット&デメリット

車、つまりカーセックスだ。

カーセックスの良いところはまず、家がなくても車があればできる点だ。こう考えるとエロごとにおいては、家がないというのはステータスのような気がしてきた。

しかし青姦は家がないからというより、そういうプレイという意味合いが強いと思うが、カーセックスは本当に「家がない」という理由でされている場合も多い。

これはマジでホームをレスしているという意味ではなく正確に言うと「セックスをする場所がない」ということだ。

特に学生など、両方実家住みで家に家族がいる場合、ホテルも毎回では金が続かない。よって、消去法で車、という選択肢が取られるのだ。

それ故に野エロに比べカーセックス経験者は格段に多いのではないかと思う。しかし、車内とは言え半分外である。しかも車を停めている場所はおそらく自分の土地ではないはずだ。自分んちの庭に停めてやっているとしたら、もう家の中でやった方が良いだろう。多分家族にもバレている。

つまり人に見られる可能性はなきにしもあらずなのだ。そして**世の中にはカーセックスを見つけられる人間と見つける人間の二種類がいる**。

もし見つける側になった時、我々はどういう行動を取るのであろうか。私などは怪しいと思いながらも近づかないタイプだ。遠くからその車のかすかな揺れに一喜一憂できるという**コスパの良い変態**だ。

しかし、果敢にも見に行くという人間もいる。確かにそこがそいつんちの庭でない限りは見られても仕方がない。

しかし覗くだけでは飽き足らず、数人でチームを組み、明らかに怪しい車を囲み、皆で一斉に揺らすという「カーセクバスターズ」として活動していたという人に会ったことがある。

ジャンル的には山のゴミを拾う等の慈善活動やボランティアに属すると思うが、危険な仕事である。中から竹内力や小沢仁志が出てこないとも限らない。その2人がカーセックスしている可能性はかなり低いがゼロではないはずだ。

それで、死人は何人ぐらい出たのですかと聞くと意外にもゼロだという。そもそもケンカになったことすらないらしい。何故なら、まず外に出てくる奴がいないのだという。大体が死んだフリだそうだ。

そう、**車エロの最大の利点は鍵がかけられることである**。見つかったとしても中に入られることはない。つまり揺らされたとしても、おかまいなしに最後までやってもいいぐらいなのだ。

窓ガラスを破壊しにかかる過激派バスターズに見つかったとしても、車のガラスは丈夫なのでちょっと急いで最後まですれば間に合う。

災害時はその場から動くなとか、いや外に出た方がよいとか諸説あり判断に迷うが、カーセックス地震の時だけは**「慌てて外には出ず、落ち着いてイク」**が鉄則である。

猥談ひとり旅

14

キンタマの話

注：黒いのはキンタマではありません

14 キンタマの話

実はこのコラム少し前から読者投稿を受け付けているのだ。

しかし、漫画ゴラクを見てもらえばわかるように**「このメアドに投稿してくれよな」**というだけの豪快な仕様だ。

読者としては、どんなテンションで投稿をしたらいいかわからない。あいさつはいるのか、それとも一行目から「拙者のアナルが……」と語りだせばいいのか。ともかく難易度が高すぎる。

しかし、そんなハードルを潜《くぐ》り抜け早速**投稿があった**。しかも女性からである。さすがゴラクガールは仕事が早い。

しかも投稿文章を全部載せるだけで本ページの半分は埋まってしまいそうな気合いの入りようだ。男の子たちも見習ってほしい。書く側は楽だからそれでいいのだが、それを理由に原稿料を値切られると困るので要約させてもらおう。

「キンタマ」の話である。

いきなり4文字になってしまい恐縮だが、本当に投稿者はキンタマの話しかしていないのだから仕方がない。

女としては**キンタマを舐められる感触というのがどうしてもわからない**。竿なら女も似たような部分はあるし、挿れることはできないが挿れられることは出来るので、そこは互角の戦いとしよう。だが、**タマ、タマだけはわからぬ、解せぬ、**と投稿者様は大変胸を痛めていらっしゃる。

しかしさすが本コラム投稿一番槍だけあってそこでは終わらない。さらに**「考えた結果我々で言うところの小陰唇が近いのでは」と分析までされている**のだ。

しかも、**それがわかることにより、さらにパートナーのキンタマに対し良いパフォーマンスができるのでは**、と前向きな発言もされている。

実に元気の出る投稿だが、それに対する担当の答えは「お前が舐めた男に聞けよ」だった。このようにゴラクボーイは野蛮なのである。

キンタマを考察する

確かにキンタマがない人間がキンタマのない私(信じられないことにないのだ)にキンタマの相談をしても永遠に答えは出ないだろう。童貞が集まって女のイカせ方について討論するようなものだ。

ちなみに投稿者が「小陰唇に近いのでは」と分析した理由は「それ自体が性感帯というわけではないが舐められると何か興奮があるところが似ている」からだそうだ。すごい分析だ。**キンタマプロファイラーの称号を授けよう。**

しかし、その仮説を実証することがまたできないのだ。男に「キンタマ舐められる感覚って小陰唇に似てる？」と聞いても、相手には小陰唇がないのである。まさに**キンタマラビリンス**だ。出口が全く見えない。いくら男女平等、ジェンダーフリーの世の中とはいえ、キンタマまではフリーにならないのだ。

しかし、野蛮な担当も「何となく気持ちいいとしか言えない、あえて言うならこんな所舐めさせてる俺さすがという優越感がある」という分析をしている。

つまり「舐められることに意義がある」という点では確かに、キンタマと小陰唇は共通していると言えよう。

しかし、互角の戦いかというと違う気がする。**男は「今タマ舐められている」という確かな手ごたえがある**と思う。竿もタマも、完全に独立した器官としてあるからだ。

それに比べて女の股間というのは、**乱雑というか、とっちらかっているというか、ミソもクソも一緒**という感じがする。

自分が生まれてきたところに対しクソはないだろうと思うかもしれないが、実際国境的なものがない無法地帯なので「今小陰唇を舐められている」という確信がなく「股間を舐められている」という雑な感想になりがちだ。

また、現場を見ることができないというのも大きい。

男の場合、タマは若干見づらいかもしれないが、フェラチオは確実に見ることができ、それを鑑賞するのも楽しみだろう。

しかし、女はそこを舐められているところを肉眼で見ることができないのだ。小陰唇を舐められているところをリアルタイムで見ることが出来るとしたら、男の鼻あたりに目がついている以外はありえない。よって視覚では楽しむことができないのだ。

男は急所が体の外に丸出しという弱点を持っているが、その分「ビューイングが良い」という利点を手に入れているのである。

物件だって、海が見えるから家賃が高いとか、先住民が無理心中しているから安いとか、利点と欠点がある。男と女の体だって一長一短であり、女と男のココとココが一緒だと無理に関連付けるより、**みんな違ってみんないいの精神**で行った方がいいんじゃないだろうか。

某詩人もこんな例に使われていると知ったら2回目の抗議自殺をしてきそうだが、同郷のよしみで許してほしい。

ちなみに、この投稿には「タマを舐めるとたいそう喜ばれる」と書かれていた。それは知らなかった。**私は今までの人生、キンタマで興が買えた記憶がない**。「笑う」以外の相手のリアクションを見たことがないので「ギャグで舐めている」みたいになってしまうのだ。

よって、ここはそういうところなのだと思っていたのだが、単にテクニックの問題だったようだ。

これは大きな気づきである。今度はもう少しタマに対してねばってみようと思うが、今のところキンタマを舐める機会のめどが立っていない。

猥談ひとり旅

15

いざストリップ

尻は（基本）出口ですから

15 いざストリップ

ゴラクの33歳BL好き女子編集部員が、GWにゲイストリップに行ったらしい。ちなみに私の**GWはほとんど仕事だった。**30も半ばになり、さすがに世の中が不平等であることは理解していたつもりだったが久々に**「アンフェア……」と声に出た。**

今後もゲイストリップに行けない側の人生かと思うと、今世は打ち切ってカレー沢先生の来世にご期待したくなる。

私はゲイストリップはもちろん、普通のストリップも見たことがない。ちなみに担当は入社してすぐの頃見たそうだ。**ゴラク部員たるもの、ストリップぐらい見ていないとモグリ、指が奇数になってからが一人前**、ぐらいの感覚なのだろうか。

それで今回のテーマはストリップなのだが、冷静に考えると、なぜ他人が見てきたストリップの話を私がするのか。俺はセックスする係で、お前は出来た子どもを養う係と言われた気分だ。

でも、世の中には知らず知らずの内に後者の係を黙々とこなしていらっしゃる男性も多いと聞くので、私もこのぐらいで文句を言ってはいけないだろう。

ゲイストリップ。正式名称はメンズストリップと言って、その名の通り踊り子が男で、しかも多くはゲイもしくはバイセクシャルなのだと言う。

客もまた主にゲイの男性であり、女性客はあまり歓迎されていないようだ。しかし今回は女性歓迎のメンズストリップイベントがあったため、ＢＬ好き33歳も早速馳せ参じたという。

もちろん、いざ鎌倉となったのは彼女だけではなかったようで、**99％腐女子という統率の取れた部隊が場内で出来上がってしまった**という。しかし99％はさすがに話半分だろうから、実際は１９８％ぐらいが腐女子だったと思われる。

そしてストリップの内容はというと、もちろん踊りながら脱ぐ。さらに踊り子同士が絡み疑似セックス的なこともするらしい。

なるほど。しかし、それはいいけどよ。

突然素になってしまって申し訳ないが、ＢＬ女子のレポにあるメンズストリップというのはどこまで出すのか、端的に言うとメンズのメンズは出るのか、刀は剥き身で抜かれるのかということが一切書かれていないので、そりゃ真顔にもなるという話である。

しかし、**普通のストリップは「御開帳」と言って女性ストリッパーがエモノを見せているの**である。男が見せないという道理はないだろう。

もちろん大勢の前で武器を出すのは罪になる。銃刀法ではなく公然わいせつの方だ。実際ストリップが摘発された事例はあるそうだが、大体が「それを言ったらおしまいだろ」ということで、今も出され続けているようだ。お上にもお慈悲があったのである。

まあ、それは良いけど、吹き矢はやったのかよ。

情緒不安定で申し訳ないが、誰でも見てない（一枚の写真資料もない）ゲイストリップの原稿を書けと言われたらこうなる。みんなもやってみたらわかると思うが、おそらくやる機会はないと思う。なんだこの仕事は。

話は戻るが吹き矢だ。当方昭和の人間なので、**ストリップと聞くとやはり股間で吹き矢**を想像してしまう。しかし、今でこそスタンダードな股間芸ではあるが、誰が最初にやりだしたのだろう。

そもそもストリップの目的は、まず何はなくともエロ。その遥か次点に体の美しさとかアート鑑賞的なもののはずだが、**なぜそこにいきなり吹き矢や習字、引っ張り相撲など、おもしろが入ってきてしまったのだろうか。**まだ習字とかはわかる。元々ナニかを挿す穴なのだ。筆ぐらい挿してもなんの違和感もない。むしろ筆箱代わりにしても良い。しかし吹き矢を挿して矢を飛ばすという発想はどこから来たのか。

求ム、メンズストリップの名人芸

確かに、長い人生、股間に空気が入る時もあるし、屁みたいな音を出してしまう時もある。しかしそこから「これ、もしかして吹き矢飛ばせるのでは?」というひらめきはやはり天才にしかできない。仮にひらめいたとしても、実現までには相当な努力が必要なはずだ。

「天才というのは99%の努力と1%のひらめき」という有名な言葉はおそらく股間吹き矢のことを言っているのだろう。

つまりメンズストリップにもそういった名人芸みたいなものはないのか、という話だ。

尿道の方はあんまり変なものを入れると「無茶しやがって……」という結果になりそうだが、尻の方は相当ポテンシャルがあるだろう。

ぜひ、誕生日の客がいたらケーキに立てられたろうそくの火を尻で吹き消すなどのサービスをしてほしい。女の子はみんなそういうのが大好きだ。


おそらく、そういう芸はただ股間を見せるだけでは客が飽きるだろうから編み出されたのであろうが、逆にそういうのばかり見ていると、元々何をする場所だったか忘れそうである。

そうなった時、普通のＡＶなどを見ると逆に新鮮だろう。

セックス習字セックス吹き矢吹き矢セックス。鑑賞するならこのぐらいのローテーションが常に新鮮に感じられていいのかもしれない。

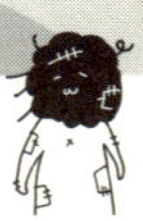

猥談ひとり旅

16

挿れたくて挿れたくて震える

「わー可愛い♡」

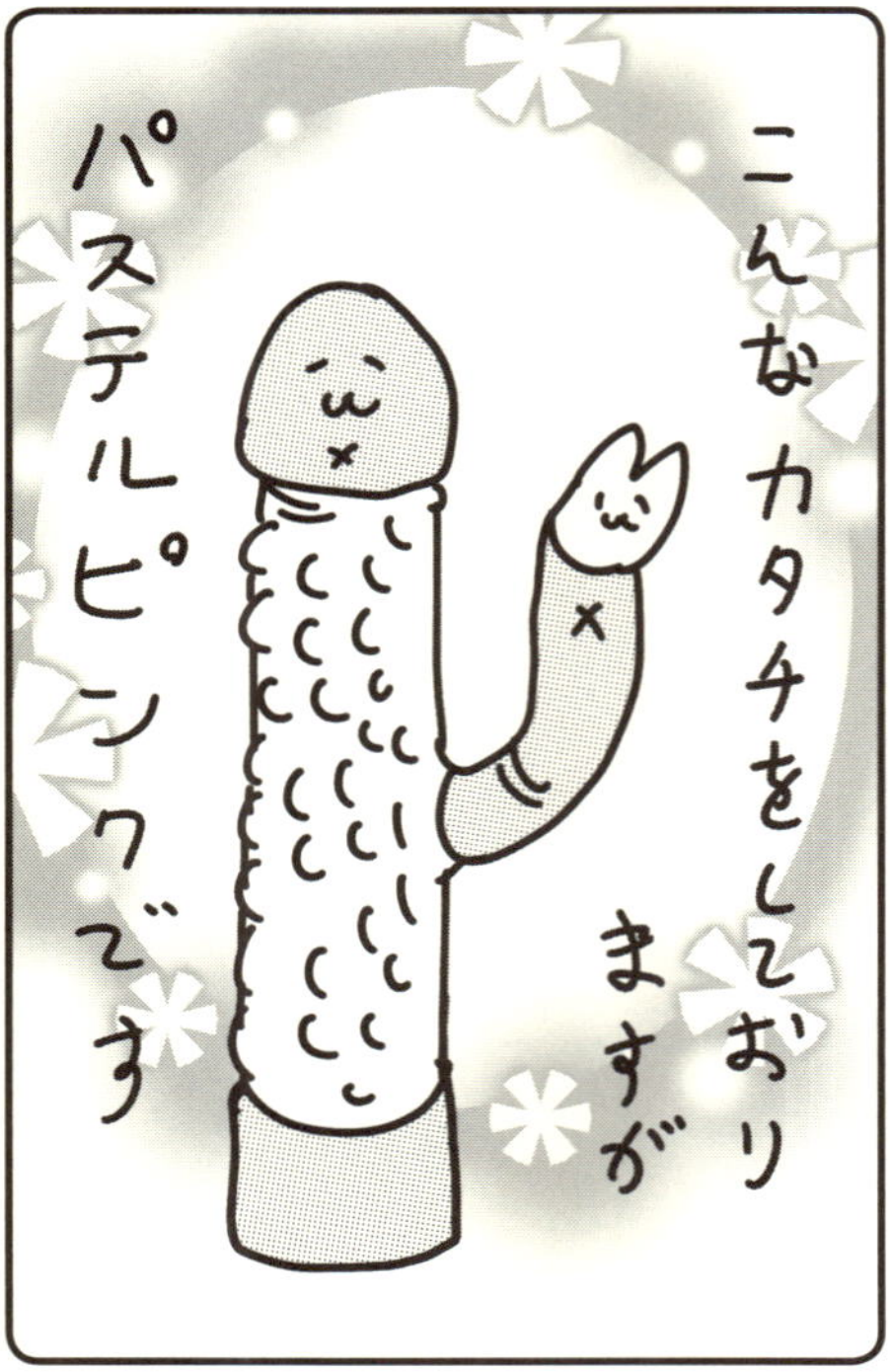
こんなカタチをしておりますが
パステルピンクです

このコラムで読者投稿を受け付けだしてからかなり経つが、先日やっと2通目の投稿があった。なんと1通目と同一人物である。

このままでは当コラムがこいつとの文通になってしまう。早く何とかしてくれ。

その投稿者によると**「最近SMバーに通い始めた」**そうだ。

私が部屋から一歩も出ない間に、他の女はゲイストリップを見たりSMバーに行っているのだ。少し自分の生き方を考えなおしたほうがいいかもしれない。

そして投稿者がそこで得た知識によると**「肉体的Mをビンタする時は、頬など広い所、精神的Mの場合は顎を狙う。そうすると脳が揺れてイイ」**そうだ。

突然の有益情報である。何が「イイ」のかわからないが、おそらく吊り橋効果みたいなものだろう。しかし吊り橋のようなシチュエーションを用意するのは面倒臭い。その点これなら顎に一発イイのを食らわせればいいだけだ。**場合によっては国家権力のお世話だが、手間を考えればコスパ最高**である。

それに対して担当は「渋谷にバイブバーがあるのは知っているがSMバーはどこにあるのか知らない」とのことだ。

待て貴様。

今聞き捨てならぬことを言ったな。確かに**ゴラク宇宙においては「アナル」ぐらいはすでに聞き捨てレベルだが、バイブバーは新しい風である。**

早速バイブバーで検索してみると確かにあった。これが担当の妄想だったら今まで要通院の人間と仕事をしていたことになる。とりあえず一安心だ。

バイブバーとは、その名の通りバイブと酒がある。その数は350種類。もちろん酒ではなく、バイブの種類だ。

基本的に女性向けの店であり、男はカップルか女性比の多いグループでないと入れない。HPを見ると「女子会の貸し切りも受付中」と書かれている。新しい風が吹き荒れている。

店内にあるバイブは全て手袋着用で触ったり動かしたりできるそうだが、実際の使用は不可のようだ。

バイブの話をしているのにそこをぼかすのは乳輪隠して乳首隠さずなので言うが「触ってもいいけど挿れちゃダメ」ということだ。

挿れられないバイブなんて飛べない豚、勃たない巨根以下じゃないかと丸の内のOLを中心に怒りの声が聞こえるが、落ち着いてほしい。

確かにバーでは使えないが、そこから徒歩5分圏内に同じバイブを売っている店があるのである。

つまりバーで気に入った子がいたらその足で買いに行ってお持ち帰りできるのだ。奇をてらっているようで怖いぐらい合理的だ。まさに**時短でバイブを手に入れたい**という、忙しい21世紀の女子向け施設である。

しかし、この世には少なくとも350種類以上のバイブがあるということである。ちなみに私はバイブなど大人のおもちゃを使ったことがない。

ハプバー、SMバー、ゲイストリップ、野エロ未経験、バイブの一本も挿れたことがない。だったら貴様は何をしたことがあるんだと言われそうだが、確かに全然何もしていない。反省しきりだ。

しかし、猛省したからといっていきなり「ジャイアントファミリー拳」(各自ググってほしい)をつっこんではいけない。**大人のおもちゃにも段階がある**のだ。

振動型の玩具は、ローター、バイブ、電マなどがある。そして初心者はまず「ローター」から行けということである。

バイブより大人のおもちゃ感が低く安価なのでお求めやすい。小ぶりなので挿れたまま外出などもできる。合理的だ。

さっきから合理的という言葉を便利使いしすぎな気がするが、ともかく一番お手軽なのがローターだ。

「電マは当てるだけ」

次にバイブだが、バイブになると突然男根感が出てくる。というかむしろ**男根の形をしているのがバイブと覚えておいて間違いないだろう。ただしテストには出ない。**

もちろん形はモロなものから、ギリギリバイブに見えないスタイリッシュなものまであるし、中には前と後ろ、二穴に同時挿入できるというアルテマウェポンまで存在する。

しかし、どんな形をしていても「色がカワイイ」という点が共通している。バイブバーの商品HPを見るとわかるが、ピンクなどのパステルカラーが非常に多いのだ。

さすが女性向け。おっさんが援交相手に使うバイブだったらこんな色にはならない。まさに女子が自分のために買うバイブだ。

これは「ごほうびバイブ」という言葉が流行るのも時間の問題である。

ちなみに振動力で言うと電マが一番強いらしい。よってこちらは局部に当てるだけで、よほどの手練れでない限り挿れてはならない。**「左手は添えるだけ」と同じように「電マは当てるだけ」**である。

そしてこのバイブバー。バイブも可愛いが（バイブが可愛いという概念）カクテルが非常にカワイイのだ。本気で女子会向きである。

ぜひ次のプレミアムフライデーは、可愛いバイブとカクテルを囲んだ女子会とシャレこんではどうだろうか。

バイブバーに行く時間ができたと思えば、プレミアムフライデーもそんなに悪策とは思えなくなるから一石二鳥である。

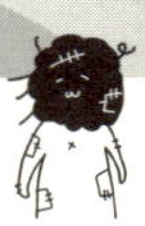

猥談ひとり旅

17

性癖ガチャ

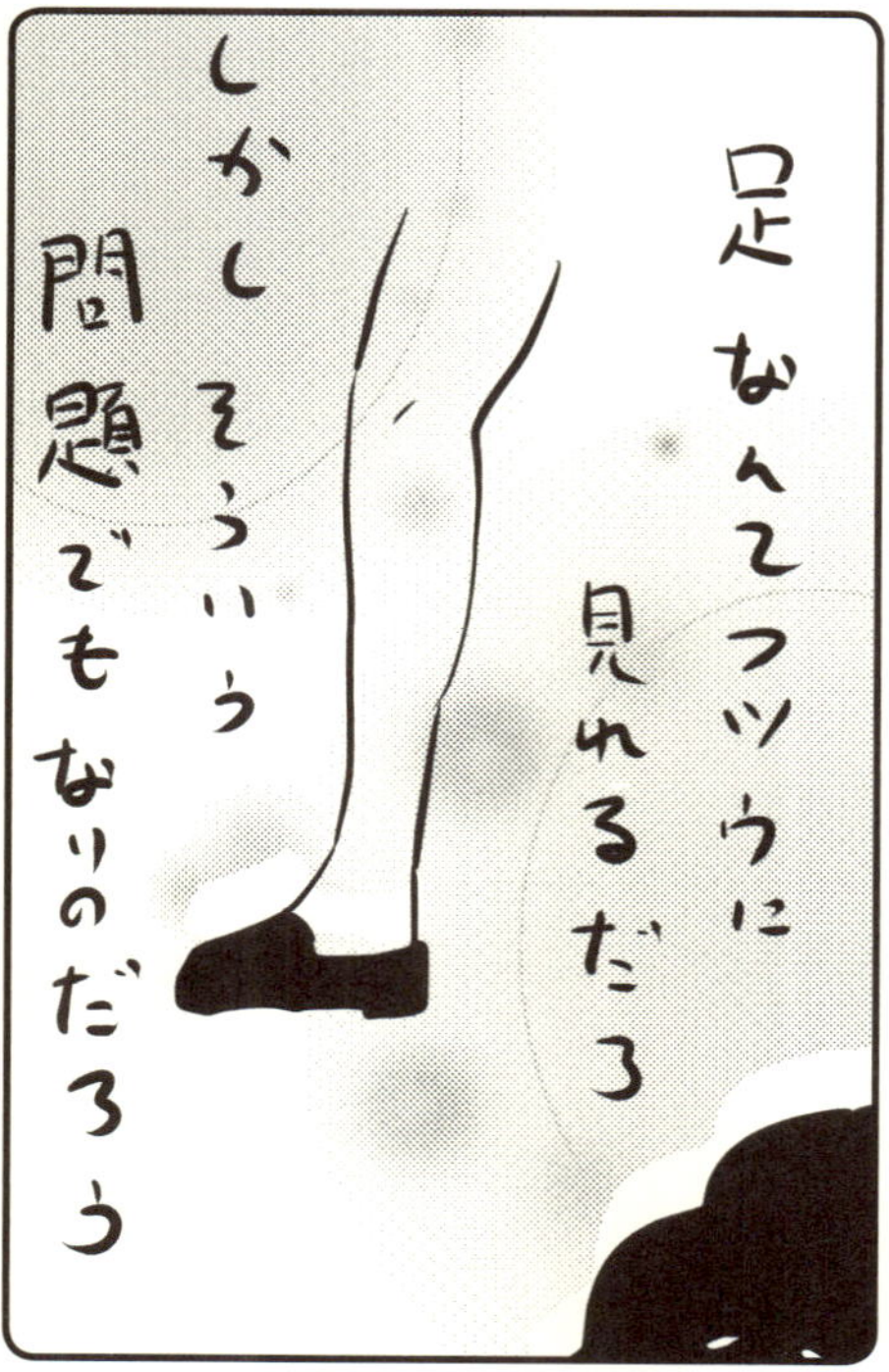
足なんてフツウに見れるだろ
しかしそういう問題でもないのだろう

他人には理解不能。それが性癖

少し前になるが「女子高校生の制服は素足がいい」と学校に脅迫電話をかけた中年男性が無事逮捕されたそうだ。

ところで皆様は**変態番付をご存知だろうか**。知らないなら全然そのままでいいのだが、ゴラク読者の知識欲は「週刊ダイヤモンド」以上と聞いているので、右手にゴラク、左手にマックブックＰｒｏという感じですでにググり始めていることだろう。**その名の通り、凄腕の変態を集めて番付化したものだ**。

ちなみに**現在の横綱には「高校に侵入し、女子高生のスクール水着を盗み着用。そのまま脱糞」した男などがランクイン**している。

長らく日本人横綱不在だった相撲界であったが、こっちの相撲は全く大陸に負けていない。むしろ狭い島国だからこそ発酵度が高まったと言わんばかりの堂々たる取組である。

それに比べたら冒頭の犯人など幕内ですらねえ。序二段ぐらいである。

しかしその脅迫電話内容を調べてみると、若干評価が変わった。

「素足が見えない生徒を見つけたら殺す」「くるぶしまでの靴下をはいている生

徒を見つけたら殺すぞ。わかったな」

素足が出たＪＫは愛するが、出てないＪＫは殺す。愛するか殺すかしかない、女聖闘士のような生き様である。まさにオールオアナッシング。アメリカンドリーム精神。意外とでかい男なのかもしれない。ちなみに「女子高生の素足を取り戻したかった」と供述していたそうだ。

「愛をとりもどせ!!」である。**彼にとってはＪＫの素足と書いて「愛」**だったのである。

それに「ＪＫの素足取り戻してえ」と思っていたのは彼だけではないはずだ。しかし誰も立ち上がろうとしなかった。**激怒して邪智暴虐のハイソックス**を除こうとしなかった。

しかし、彼はただ一人立ち上がったのだ。

そして彼は愛のために戦い、死んだ（社会的に）。見た目がジェイソン・ステイサムだったら好きになっていたかもしれない。

だがもちろん全然ステイサムじゃないだろうし、やったこと自体は愚かなことである。

何が愚かかというと、足フェチという割とメジャーかつ相手が勝手に出しているものに限り、よほど至近距離で鑑賞しなければ法に触れない性癖を持って生まれたにもかかわらず、わざわざ法に触れたことである。

世の中には、持って生まれた性癖が問答無用で法に触れているという恵まれない子がいるのだ。それに比べれば足フェチなんて裕福な家の生まれだし、胸や尻なんて石油王である。

それが「女子小学生の胸に限る」になると、いきなり河川敷生まれになるのだ。「スクール水着で脱糞しないとイケない」などという性癖に生まれた日には、即日出家させた方が良い。

生まれつきの性癖というのは、背が低い高いと同じで本人にはどうにもならない。そういうギフトを持って生まれてきた場合はひたすら我慢するか、イメクラ嬢にランドセルを背負っていただくしかない。ある意味不幸な星の下に生まれてきてしまった人たちなのである。

「性癖ガチャ」からは何が飛び出てくるかわからない

そういう趣味を持って生まれなくて良かった、普通の鼻フック乳首相撲フェチで本当に良かった、と思っている人も油断はできない。性癖というのは何がきっかけで目覚めるかわからない。

しかし性癖というのは嗜好、楽しみでもある。カレーという食い物が美味い、好き、ということを知らずに死ぬよりは知った方が良いだろう。

だが**「性癖ガチャ」からは何が飛び出てくるかわからない**。普通のガチャならレアな方が嬉しいが、これはレアであればあるほど供給がなくて困るし「SSR違法」が出てきてしまった日には一生悩むことになる。

ちなみに私のフェチだが、一応「へその周りに生えている毛が好きです。ただし陰毛とつながっていない奴はノーカンです」というのをフォーマル用回答として用意してある。

しかし実を言うと私自身も確証が持てないのだが、**おそらく私は「おもらし」に並々ならぬ愛憎がある**のだ。

私は平素から「どんなに面白い漫画や映画でもおもらしシーンがあるものは不愉快だから絶対見ない」と公言している。聞かれてなくても言う。300回は見ている大好きな映画『八甲田山』でさえ、そのシーンだけは早送るのだ。

なんでダメかというと「感情がスパークする」からとしか言いようがない。おそらく興奮しすぎて気持ち悪くなっているのを「不愉快だから」と言っているだけで、多分これはフェチの裏返しだ。


別に法に触れてないんだから受け入れて楽しめばいいじゃないと思うかもしれないが、**興奮の後には決まって深く落ち込む「賢者モード」がやってくるのだ。これは興奮が大きければ大きいほど深く沈む**。

よって、もしおもらし物のAVとか見てしまったら、私はその後の賢者モードで手首とか切っちゃう気がしてならない。だから私は逆に一切見ないのだ。

フェチ。それは楽しみであり苦しみである。一生戦わなければいけない苦悩を抱える覚悟があるなら「性癖ガチャ」にトライしてみてもいいが「スク水脱糞」を出したくなければ、素人ナンパ物で満足するのが吉だろう

【 風俗用語集（漫画ゴラク編集部編） 】

ピンサロ…………ピンクサロン。基本中の基本。主にフェラチオ。2回転とかすると尿道が痛くなる。

覗き部屋…………ミラー越しに嬢が躍る。事後、嬢が個室で手コキや口。新宿は古来ハイレベル。

デリヘル…………デリバリーヘルス。ホテルや自室に嬢が来る。待ちきれずにオナニーしてしまうこともある。

オナクラ…………オナニークラブ。素人っぽい嬢に見てもらえるのでファンも多い。フィニッシュは嬢の手コキ。

人妻風俗…………主に30代以上の女性が来るデリヘル。50代は普通。70代まで選べる。

ソープランド……田舎の安ソープに行ったら背中に入れ墨の嬢がいて怖かった。が、勃った。

猥談ひとり旅

18

マンネリ解消法

魔法のおクスリを下さい

18 マンネリ解消法

私ほどの手練れになると、カップルがマンネリを打破するために女の方がセクシーな下着を着てせまるエロマンガを一万回ぐらい見たことがある（男の方が着てきたという話は見たことがない）。

もちろんそれは非常にソフトなエロマンガであり、ド直球に「クスリを盛る」という話も二万回は見たことがある。

マンネリ打破のためならパートナーに一服盛ることすら厭《いと》わないエロマンガ界の方たちだが、そういう方が持ち出すクスリというのは、いわゆる**魔法のおクスリ。成分は全くの不明だが飲まされた女は「頭と股間のパッキンが緩んだ」としか言えない状態になる**という、非常に都合が良くファンタジック、悪く言えばリアリティのない代物である。

その点、我らが漫画ゴラクさんでは、その魔法のおクスリは「シャブ」という非常にリアリティのある姿で登場してくる。セックスどころか生活全てのマンネリが打破されること請け合いである。

それを考えると**シャブの問題解決力というのは凄まじい**。それ自体が新しい問題を生むということ以外は100点満点だ。

だが、創作においては何でもリアルならいいというものではない。むしろ非現実であればあるほどいい世界もある。『ハリー・ポッター』で魔法の代わりにシャブが出て来たらあんなに売れなかったはずである。

それと同じように、**エロというのも創作の場合は非現実な方が良いという人も多い**。せっかくフィクションなのだから、美少女キャラにチンチンつけてみようぜ、という話なのである。

だがそれと同じように、ファンタジーのエロもリアルには持ち込まない方が良い。AVの真似をしたって彼女の不興を買うだけだし、**好きなアイドルにチンチンはつけない方がいい**。つけた方がいいという人もいるとわかっているが多数決で多分つけないほうがいい。

しかしエロ下着というのは微妙なラインである。チンチンと違って市販もされているし、現実で着けてダメということはないはずだ。しかし本当にエロマンガのように効果があり、マンネリは打破されるのであろうか。

結論から言うと答えはＮＯだそうだ。現実は厳しい。

つきあいたてカップルならまだしも、**結婚50年目みたいな夫婦の妻がエロ下着を着用したところで逆効果。または心臓麻痺の危険性がある**という。

せっかくマンネリを解消するために何も隠れていない、はみ出ている量の方が多い、気前が良い回転寿司のいくら軍艦のような下着を着て登場してやったというのに、相手がドン引きというのは全損でしかない。

シワやシミ、ぜい肉すらもセックスの「隠し味」

結局セックスに刺激を求めるなら、そんな小物に頼るより違う相手とするのが一番ということらしい。

しかし、違う相手とするのが一番！　と結論が出ているにもかかわらず、違う相手とすると怒られるという矛盾がなぜか存在する。怒られたくなければ一番じゃない方法で乗り切るしかないのだ。

では一回の表ですでに11点入っている消化試合の如きセックスを惰性で続ければよいのか。それとも、嫁が着てきた面白下着を「笑ってはいけないセックス24

時」として別の刺激を得れば良いのか。

もちろんどれも違う。そもそも夫婦や生涯を共にするパートナーとのセックスに刺激を求めるということ自体が間違いらしい。

そういう間柄に求められるセックスは、全てをさらけ出し、相手の全てを受け入れ、刺激よりも癒しや安心を得る「日常のセックス」なのだという。

日常のセックスでは若い頃はなかったシワやシミ、ぜい肉すらもセックスの「隠し味」となり、さらに深みを増させるのだという。

なんだか美少女にチンチンがついているよりもファンタジックな話をされている気がしてならない。まずどのようなおクスリを使えばそのような心境になれるのか教えてほしい。


ともかく我々はあの手この手でセックスレスを解消しようとしているわけだが、そもそもセックスレスというのは悪いことなのだろうか。

一般的にセックスしている夫婦の方が円満だと言われているが、それはただ伝家の宝刀「仲直りセックス」を抜きまくってるだけではないだろうか。逆に言うと、向かい合うべき問題から目をそらしてとりあえずセックスしているのではないだろうか。

確かに、借金が二兆あって、隠し子が杉良太郎の里子ぐらいいるという話なら「もうセックスするしかねえな」という気にもなるが、話し合いで解決できることをセックスでうやむやにするのは逆に良くないのではないだろうか。

それに**ただ現実逃避のためにヤるというのも、おセックス様に失礼**だ。そういうのは例えばシャブとかに任せた方が良いのではないだろうか。

結局、**セックスレスよりもやりたくもないセックスを無理してやる方が関係性を悪くするに決まっている**のだ。

つまり、セックスというのはやりたい相手とやりたい時にやるのが最高なのである。ただその相手がパートナー以外だったりするのである。

この国は「ベストなセックスをしようとしたら怒られる」のだ。

国民に豊かなセックスをさせたかったらまず民法から考え直した方が良いのかもしれない。

猥談ひとり旅

19

ダッチワイフ最前線

奥が深いですね

前々から何かとネタを提供してくれるＢＬ好き33歳ゴラク女子部員が**ラブドール展に行ってきた**という。

こいつは一体何をやっているのか。私とこのゴラク女子はほぼ同年代。そしてエロに対して並々ならぬ関心があるという共通点はあるものの、あちらは「動」こちらは「静」である。

おそらく2人がフュージョンしたら一生檻から出せぬ痴女が爆誕すると思うので、一生会わない方がいい。

話は元に戻るがラブドール、簡単に言えばダッチワイフ。セックスするための人形である。

ダッチワイフと言われたら「南極1号」のような、オナニー用というよりはその風貌で性欲を鎮静化することが目的のような人形が思い浮かぶかもしれないが、**ダッチワイフはそこから恐ろしいほどの進化を遂げており、それがラブドールだ。**

正確にはシリコン製の高級ダッチワイフのことをラブドールと呼ぶようである。

私もこのラブドールの実物を1回見たことがある。どこで見たかというと北千住のポルノショップとかではなく東京都写真美術館である。そこで行われていた杉本博司（ゴラク読者なら知らない人はいないと思うが紫綬褒章も受けている写真家）展の展示物の一つとしてラブドールがあったのだ。

このように**昨今のラブドールは進化しすぎてアート界隈に注目されるというわけのわからない状態になっている**のだ。

そのぐらい精巧で美しいため、33歳ＢＬが行ったラブドール展も約４割が女性客だったという。

だが、落ち着いてほしい。誰が取り乱しているのかわからないがとりあえず落ち着いてほしい。

いくら鑑賞できるほど美しい人形とは言え、元々セックスするために作られたものである。それを**アートだと言って見ているだけでは逆に申し訳が立たぬのではないか。つまり「抱いてやれよ」ということ**である。彼女はそれを待っている。むしろそのために生まれたのだ。

ラブドールは家族なのだ

どれだけキレイな人形でもラブドールである以上、セックスが出来る作りになっている。簡単に言うと、胸などには他の部位よりやわらかい素材が使われていたり、股間には当然挿入する穴がある。

しかしここで**注目すべきは直接股間にオナホールがついているラブドールはあまりない**ということだ。何故なら、女性器がついた女の人形というのはわいせつ物として摘発のおそれがあるらしい。

よってオナホール部分は別売りで、それをラブドールに装着して楽しむのが一般的である。

つまり、女性器がついた人形はわいせつ物だが、女性器を模した穴が単体で転がっていてもそれはOKということである。法律とは一体なんなのだろうか。

しかし法律抜きにしても**オナホ部分が別売りというのは頼もしい**。おそらく自分の好きなタイプのオナホが取り付けられるということだろう。

これが、備え付けで自分に合わなかったとしたら「こいつ見た目はイイのにアッチの方がさっぱりだ」という現実でも起こりうる事故が起こりかねない。

そして、**最高の見た目に最強の穴がついたラブドールを抱く**わけだが、そういえば私はラブドールは見たことがあるが、ラブドールを実際使用している現場を見たことがない。おそらくオナニー中にTENGAに話しかける人はいないと思うが、ラブドールの場合人型なのでやはり何かしら話しかけたりするのか。それとも全くの無言なのか。ともかく未知の現場である。

おそらく女性の多くが、ラブドールとセックスしている男に対し嫌悪感、というかキモいと感じると思うが冷静になってほしい。冷静な時はダッチワイフのことなど考えないと思うが落ち着いてほしい。

世の中には自らの性欲をコントロールできずに他人に迷惑をかけたり、犯罪まで起こしてしまう輩がいる。それに比べ**ダッチワイフ愛好者はありあまる性欲を誰にも迷惑をかけずに自らの財を投じて合法的に処理している**のだ。真にキモいのはそれが出来ない男の方であろう。

そう、ラブドールは高いのだ。40万円ぐらいするらしい。もちろん使い捨てではないので逆にコスパがいいのかもしれないがそれでも高い買い物だし、安くても中古を買う気にはなれないだろう。誰かが使ったラブドールを使うというのは親父の愛人を抱くより勇気がいる。

ちなみにラブドールの大きさは、実際の人間より一回りぐらい小さいがそれでも結構な大きさである。もし不要になった場合は処分に困りそうだが、ラブドールの大家「オリエント工業」では引き取りサービスも行っているようだ。しかも「処分」とは言わず「里帰り」と表記されている。

粋な計らいである。**もはやラブドールは家族なのだ。**しかしこういう性具の進化を見るに、そろそろ我々生身の女は不要になってきているのではないだろうか。

猥談ひとり旅

20

コスプレプレイ風俗

みんな違ってみんなイイ

だいぶ前になるのだが、担当より**「プリキュアを娘と毎週見ているのですが。もしや……と思い検索したら、予想通りプリキュアと楽しめる風俗店がありました」**というメールがきた。

なかなか、こんな最悪な文章書けるものではない。物書きとして恥じ入るばかりである。

コスプレプレイはプレイとしてはそんなに珍しいものではない。

しかし、**世の中にはコスプレプレイが楽しめる人間と全く楽しめない人間がいる**。楽しめない派は、中身さえ食えれば外側はどうでも良いと思っている人間だ。むしろ外側は邪魔であり、早く剥がして中身を取り出したい派である。

片や楽しめる派は外側も重要だと思っている。餃子だって皮と中身両方あるから餃子であり、中身だけならただのひき肉の塊であり、大して美味くもない派である。

また番外編として、中身は食わずに外だけ舐めたい派もいる。

わかりやすい例だと下着ドロボウ。玄人になるとＪＫが履いた上履き。さらにはＪＣが跨《また》った自転車のサドルのみをキメ打ちで集めている者もいる。

当然、中身には手を出さない。カップアイスの蓋だけ舐めて中身は捨てているタイプである。


また**コスプレプレイにも種類がある**。

まず、セーラー服やナース服などの制服ものだ。「マルハンのコーヒーレディでお願いします」のような細かい注文もあるかもしれないが、**割とざっくりしたコスプレである**。

次に冒頭に出てきた「プリキュア」のような、キャラクターに扮するコスプレだ。

他にも電柱のコスプレをしてくれ等色々あるとは思うが、キリがないのでとりあえずこの二種類だけにしておく。


さらに「衣装だけ着てくれればいい派」と「なりきってくれ派」が出てくる。

つまり、膝丈のセーラー服に眼鏡さえしてくれれば、一人称「おいどん」の薩摩弁でも構わないという人間もいれば「ちゃんと真面目な女子高生（図書委員）」として振舞ってくれというタイプもいるのである。

女子高生やナースであれば、即興でもそれっぽく振る舞うことは可能だろう。しかし「プリキュアアラモードのキュアカスタードになりきれ」と言われたら、そのキャラを知っていなければまず無理であり、知っていても難しい。

相手もそのキャラが好きなのだから、こだわりは相当強いはずだ。**少しでもハズれたことを言うと「キュアカスタードはそんなこと言わない！」とお冠である。**

世の中には色んな変態がいる

「まずキュアカスタードはお前とセックスしねえ」という気もするが相手は客である。諸々と客からキュアカスタードの振る舞いを習い、演じるしかないだろう。冒頭のプリキュアと楽しめる風俗がどの程度ディティールに凝っているかはわからないが、嬢に求められるスキルは普通のコスプレ風俗より高いはずである。それで給料が同じならキレていい。

昔から風俗にはシチュエーションに凝る余り、手製の台本を携えてやってくる

客がいるという。

それも「北斗で10万すった腹いせに、マルハンのコーヒーレディをトイレに連れ込んでヤるという設定で頼む」ならまだわかりやすいが、中には「あなたはドイツの女将校で、僕はそれに拉致され調教を受ける17歳の村娘という体でお願いします」と、何故か客の方が高度ななりきりを要するストーリーで来る客もいるらしい。

この場合、自分が女将校になるより、目の前の小太りおっさんを17歳の村娘として扱わなければいけないほうが高難易度である。

このように**コスプレプレイとは、こだわればこだわるほど面倒なことになる。**パートナーや配偶者にしつこく求めたら、そのうちブチ切れられて「キュアカスタードに局部を切断される」という特殊プレイになりかねない。やはり店で金を払ってやるのが一番平和であろう。

それと当たり前だが、プリキュア好きの人間が全員プリキュアとセックスしたいと思っているわけではない。

仮にしたいと思っていても、プリキュアの格好をした三次元の女としたいわけではなく、ホンモノの、二次元の、画面の中から出てこないプリキュアとしたいと思っている人間もいるので、気をきかせたつもりで「こういうの好きなんでしょ」とプリキュアのコスプレをして行ったらその場で斬首されるおそれがあるので気をつけよう。

私もオタクであり、二次元のイケメンが大好きである。では、そのキャラのコスプレをした男とやりたいかと言うと否である。

「キュアカスタードはそんなこと言わない」と同じように「このキャラは私とセックスなんかしない」のである。

少なくとも私は不在でありたいのだ。よって、好きなイケメンキャラのコスプレをした男とヒロインのコスプレをした女のセックスを鑑賞するならやぶさかではない。

このように色んな変態がいるのだ。もちろん理解する必要はない。

猥談ひとり旅

21

人妻に行ってきました

非モノホンとウィンしたい

担当からのメールに「先日人妻に行ってきたのですが」と書かれていた。最初なんのことかわからなかったが、どうやら人妻風俗に行ってきたということらしい。「人妻」と略すところがプロいが、誰にでも伝わるわけではないので略さない方がいいと思う。

人妻風俗嬢は本当に人妻なのか?

それで、**先日人妻に行き嬢を指名し会ってみたところ、なんと10年前に指名したことがある嬢が出てきた**というのだ。

この話はこれで終わりだ。特に明日へとつながらない。

ただ10年経っても好みが変わらない自分への呆れと、10年池袋の風俗に居続けた嬢への感嘆が綴られていた。

10年後再会というとなんかロマンチックなドラマが始まりそうな予感がするが、それは時と場合によるようだ。場所が風俗店やハローワーク、または拘置所だったりしたら何も起こらない方が良いだろう。10年後再会した相手と裁判所で再会という事態になりかねない。

しかし、**担当の性癖が変わらないのはどうでも良いとして、嬢が10年同じ仕事が続いたのは称賛に価する。**何事も始めるのとやめるのは簡単だが続けるのは容易ではない。もし10年前も人妻風俗にいたなら、風俗だけではなく結婚生活も10年は続いているということである。ダブルの偉業だ。さらに旦那は嫁が風俗にいることに気付かない歴10年になる。トリプルアクセルである。

しかし、**人妻風俗にいる嬢は本当に人妻なのだろうか。**もちろんホンモノもいるだろうが、そういうことにしているだけの嬢もいるだろう。

でも人妻でもないのに人妻と名乗ったり、それ専門の店があるということは「人妻」が好きな男が一定数以上いるということだろう。

実際、結婚する前より、結婚し人妻になってからの方がモテるようになったという女は多いようだ。

ちなみに私は結婚してからもモテた記憶がない。もはや「自分以外女がいない孤島に行く」とかそういうレベルじゃないとモテないのだろう。だがそういう状況になっても私を差し置いて空前の男色大ブームが起こりそうで怖い。

では**なぜ人妻がモテるか**というと、まず人の物は良く見える。そしてヤッてはいけない相手とヤッているという興奮があるのだろう。不倫にハマってしまうのもこういうドキドキがあるからと言える。

だが不倫は良くない。倫理的なことを言っているのではなく、自分に良くないことが起きる可能性がある。どう良くないことが起こるかは「週刊文春」あたりを読めばわかるような気がする。

つまりリスクが高いのでリアルにやるのは敷居が高い。その点人妻風俗なら手軽にそれを味わえるのである。

しかし冷静に考えると、**人妻風俗にいるモノホンの人妻とやるのは不倫に当たらないのだろうか**。夫側からすれば、自分の嫁が他の男とやっているという意味では同じである。

しかし訴えようと思ったら、相手は複数人である。場合によっては3桁でも収まりきらないかもしれない。それら全員と法廷で会うガッツがあるなら離婚した方が早いだろう。

そもそも人妻風俗にいる人妻の夫はどのぐらい妻が風俗にいることを知っているのだろうか。前に熟女風俗のことを調べた時、経済的理由で風俗を始め、家族バレしてしまったが、今では夫どころか子どもも容認という、明るく元気なデリヘル母ちゃんの記事を読んだが、これはレアケースだろう。それに家族も別に応援はしてないはずだ。子どもが送迎車のエンジンを温めて、夫が送り「延長了解です」とか言っているはずはない。ただ生活のためと言われたらどうしようもないので容認というところなのだろう。

やはり「旦那が出張で体が火照ってます」という女は一握り。むしろ、そういうメールはおっさんが書いており、大体の人妻や熟女は生活や他ののっぴきならぬ理由で風俗をやっている場合の方が多いのだ。さらに容認どころか、金のために旦那の方から風俗に勤めることを勧められている女もいる。所謂ヒモである。だったら、火照った体を慰めてくれたら二兆あげる、みたいなスパム宇宙にのみ生息する女ばかりの方が平和でいいと思うが、仕方のないことである。

人妻や熟女風俗のことを調べるとエロの話をしていたはずがなぜかしんみりし

てしまうのだが、**夫が妻の風俗勤めや不倫を容認しているレアケースの一つに「NTR」というものがある。**

「寝取られ」の略。というかよく見たら全然略していないことに気付いたが、ともかく自分の女が別の男とやっていることに興奮するという性癖である。

人妻好きの男が寝取り願望なら、これはその逆だ。つまり寝取り願望の男が寝取られ願望のある男の女とやればウィンウィンである。

しかし、ウィンしているのは男側だけで取ったり取られたりしている女がウィンしているのかは不明である。

女もウィンしているケースとしてはやはり、火照った体を持て余している上に、二兆円あげられる経済力を持つ女の場合だろう。

皆さんも突拍子もないスパムメールにイライラした経験があるだろうが、あれはあれで誰も傷つかない平和な世界なのだ。

猥談ひとり旅

22

吹くか、吹かないか

痴女と潮は漢の嗜み

22 吹くか、吹かないか

先日、担当の上司が痴女系風俗に行ったそうだ。

もはや義務かよ、というぐらいゴラク編集部員は風俗に行っているような気がするが、**金を払うだけで安全に痴女と遭遇できるなら確かに安いもの**である。

しかし痴女系とはどんな女が出てくるのだろうか。やはり乳首に鈴をつけ、頭にパンツをかぶり、白目、ダブルピースで登場してくれるのであろうか。

おそらくこれはエロ漫画の読みすぎである。漫画のエロ描写が青少年の健全な育成に悪影響かどうか議論されている昨今だが「知識が偏る」という点は否定できないような気がする。

そこで**上司は痴女の方から「お前は潮を吹くか、吹かないか」と問われた**そうだ。

これに即答できる男はそんなにいないだろう。それとも私が知らないだけで、男というのは「潮を吹くか、吹かないか、それが問題だ」という世界で生きているのだろうか。

潮吹きと言えば、どちらかというと女がするものという認識だろう。

まず潮吹きとはなんぞやというと、尿道から尿とは違う液体が噴出する現象である。それに何の意味があるかはなんと現在でも不明のようだ。つまり「エロ行為」以外の意味はないのである。

ちなみにクリトリスには「性感を得る」以外の機能はないらしい。

このように男と違い、女の体にはエロ以外ではクソの役にも立たないパーツや機能が搭載されているのだ。逆に言うとある意味男より高性能とも言える。

潮の吹かせ方については、クリトリスや膣内壁にあるGスポットを刺激することにより出るらしい。

Gスポットという名前は、それを発見した産婦人科医「エルンスト・グレフェンベルク」の頭文字から取られている。自分の名前がエロ用語として後世に残るなんてすごいことである。

ちなみにGスポット発見は、和民でホッピー片手に「俺、女のすごいトコ発見しちゃった」と道路交通調査のバイト仲間相手に発表されたわけではなく、ちゃんと論文によって行われたそうだ。すごく真面目な形でGスポットは世間に公表されたのである。

ただ潮吹きは吹く方も吹かせる方も技術と慣れが必要なため、素人同士がトライするといつ吹くかわからぬ潮を吹かせるために、延々股間をいじくったりいじくられたりしなければならなくなる。

男は1本で3度おいしい

いじくる方は一生懸命なのでいいかもしれないが、吹かされる方はその間なにをすればいいのか。どんな感情でいればいいのか。そしていつ「もうやめよう」と言っていいのか全然わからない。


そして結局潮を吹かずにどちらからともなく「もうやめよう…」みたいな感じになってしまうかもしれない。気まずすぎる。

また、無理に潮を吹かせようとすると性器を傷つけてしまう恐れもあるらしいので、やはり潮吹きをやりたいなら風俗等でプロの方相手にするのが一番安全と言える。

こう考えると**やたら風俗に行くゴラク編集部がクレバーなように見えてくる**が、

おそらく錯覚だろう。

そして、その潮吹きは、女だけではなく男も出来るらしいのだ。

射精後に亀頭部分を集中的に刺激すると、女と同じく尿道から尿とも精液とも違う液体が噴出するという。

もちろんだが、その液体も「意味不明」だそうだ。合理的なようで意外と無駄機能が多い人体である。


しかし射精とはまた違う快感があるという。性感に関しては女の方が男より上とよく言うが、**男は普通の射精、射精しないドライオーガズム、さらに潮吹きと、1本で3度おいしい**のである。

しかし、痴女の方が「お前は潮を吹くか、吹かないか」と言われた通り、吹けない男もいるのだろうし、吹くにはテクや慣れが必要なのだろう。ドライオーガズムもしかりだ。

つまり、射精だけなら誰でも出来るかもしれないが、それ以上を目指すと、探究心や努力、またはプロに手ほどきを受けるための金が必要なのである。

体の機能やパーツはみんな基本的に同じなのだ。

つまり我々は、生まれながらに多機能スマホを与えられていると言っていい。

ただ、延々と普通のセックスや射精のみをしているというのは、ずっと同じソシャゲの単純作業をしているのと同じようなもので、**もっと色んなボタンを押してみることで、思いもかけない機能が発見できたり、意味不明の液体が噴出したりするようになる**のである。

だが、もちろんエロに対する興味にも個人差がある。同じゲームを飽きずに続けられる人間がいるように、普通のセックスで満足な人間だって大勢いるのだ。

そういう人間のスマホや体のボタンを勝手に押して、意味不明な液体を吹かせるのは良いことではない。

潮というのは、吹きたい人間と吹かせたい人間同士で吹かなければいけないのだ。

猥談ひとり旅

23

生米・ヘロイン・コンドーム

萎える

新婚時代にカバンに入れておいた5年ぐらい前のコンドームを娘に発見され、嫁には浮気を疑われ散々です、と担当からメールが来た。

その割には人妻風俗に行ってきたと公言しているし、ここでもネタにされている。それはノーカンなのか。担当家は世界観がまるでナゾである。

ところで発見された5年前のコンドームだが、使用はやめた方がいいだろう。品質に定評がある我が国のコンドームでも経年劣化はあるようなので、古いものは破損の恐れがある。

コンドームを使った上で一発当たってしまったら全損だ。「5年前のコンドームを使うくらいなら生で」。心に和彫りしておこう。

しかし、コンドームをつけなかったことにより変わる運命もあれば、コンドームを使うことにより防げた運命も多々あるというわけだ。**コンドーム先輩には全人類頭が上がらない**。

そういえば以前『闇金ウシジマくん』でラブホの清掃員の男が使用済コンドームの外側を「こっちは女側だから」という理由で舐めるシーンがあった。

私はそれを見て「天才かよ」と思った。疲れていたのかもしれない。

確かに、**コンドームも内側と外側じゃ全然仕事が違う**。やはり内側の方が過酷な気がするのでこっちの方が時給が高い気がする。どうやら今も疲れているようだ。

ちなみに私は気が弱く、典型的NOと言えない日本人かつ自分の意志さえあまりないので強く言われると大体したがってしまうのだが、「コンドームつけて」だけはきわめて強く言うことができた。

それは高校時代の性教育担当の教師の影響が強い。その教師は60歳前後の小柄な女性だったのだが「軍曹」というようなオーラを発していた。

まず一人称が自分の苗字だった。仮に「枢斬暗屯子先生」だったとすると「枢斬はこう思う」というようなしゃべり方をするのだ。ある意味「わし」より迫力がある。カワイ子ぶるために自分のことを自分の名前で呼ぶ女はいるが、これはその対極である。

自ら独身であることを明かし「姉は生米の食い過ぎで胃がんで死んだ」という話もしていた。

それが「ヘロインの過剰摂取で死んだ」みたいな言い方だったので、私はヘロインよりも生米だけはやるまいと今でも思っている。

その先生の性教育が、今で言えば普通なのかもしれないが、中学生までふんわりとしたことしか教えてもらえなかった私にとっては非常に具体的かつ生々しく、その先生が語る「避妊をしなかったことにより人生が狂った女子の話」が圧巻だったため、**生米は食わない、避妊はする、がまさに心に和彫りされた**のである。

しかし大人になってから当時の女子同級生に会うと大体「あの先生で良かった」というので、やはり性教育はトラウマになるぐらいで良いような気がする。

コンドームは進化してる？

そんなわけで、強固に**コンドームはつけろ、生米は食うな、ヘロインは状況による**、と言い続けてきた私だが、最近はめっきり言わなくなった。

もちろん生でやりまくっているという意味ではない。セックス自体縁がなくなったからだ。

セックスはライブである。どんなに準備をしても予期せぬ事故が起こるものだ。

事故を回避しようと思ったら最初からやらないしかない。

真の危機管理とは、事故を未然に防ぐことである。つまり童貞というのは防衛大臣に任命したいほど危機管理に長けているのだ。

ともかく、深刻なコンドーム離れをして久しいのだが、最近のコンドーム情勢はどうなっているのだろう。日進月歩の世の中かつ人はエロのことになるととどまることを知らない。**ＡＫＢが出てくる何百年も前からＳＪＨ（四十八手）48を結成していた**のだ。

コンドームも当然進化しているだろう。より薄く、破れづらく、生に近くなっているはずだ。

それは良いが、もっと明後日の方向に進化しているものもないだろうか。縛られた女の横でひたすらソバを打つＡＶが存在するくらいだ。一つ二つ異次元に行ってしまったゴムもあるだろう。

そう思って調べてみたのだが意外にない。イったらエレクトリカルパレードが流れる奴とかないのかよ、と思い「コンドーム 音」で検索したら「コンドームが破れた時の音」等シビアな物が出てくるばかりだった。エレクトリカルパレードとは真逆の音である。

光るというものもあったが、イルミネーションのように派手に光るわけでもないようだ。

確かによく考えたら、コンドームというのは裏方である。それが目立ちすぎるというのは、結婚式に新婦より派手なドレスを着ていくようなものだろう。逆に気がちってセックスのパフォーマンスが下がりそうだ。

唯一興味深いのは、海外の中学生グループが、つけると性病かどうかわかるコンドームを発案したという話だ。

進み過ぎではないかと思うが、中学生から性病に関心を持っても悪いわけではない。

しかし、コンドームをつけるということはその時点で挿入5秒前ぐらいだろう。そこで性病が発覚した場合、どういう顔をしたらいいのだ。

中学生チームはぜひそこまで考えてみて欲しい。

猥談ひとり旅

24

ワンダーなフェスティバル

日本は滅ばない系

ワンフェスをご存知だろうか。

ワンダーフェスティバルのことだ。このコラムに出てくるということは、大乱交祭か何かだと思われたかもしれないが（確かにワンダーだ）簡単に言うと、立体物のコミケのようなものである。

自ら作成したフィギュアなどを販売するフリマと思ってくれれば良い。

コミケと違うのは、二次創作立体物を作る場合はちゃんと販元や作者に許可を取っており、作者にもロイヤリティがいくようになっていることだ。

私も私のキャラクターを立体化しワンフェスで販売したいという申し出を受けたらその都度許可していたのだが、そのうち**某社の私のキャラは私の許可なしで販売されるようになった**。おそらく「カレー沢は無視していい」ということになったのだろう。

その通りなのでそれは別にいいのだが、ほかの先生は無視しない方がいいと思う。

だが心配しなくてもゴラクは絶対そんなことしないだろう。「無視したらヤバイ先生率」が他社より高いような気がしてならないからだ。**※個人の感想です。**

そのワンフェスに、いつもの34歳BL好き女子部員が潜入してきたそうだ。本当にそのBL女は一人なのかよ、というぐらいの行動力である。

そして、その**18禁コーナーがワンダーフェスティバルの中でも特にワンダーだったそう**だ。

なるほど、コミケにも18禁は欠かせないというか、半分以上は18禁だろう。**創作からエロを切り離すことは不可能であり、ワンフェスも例外ではない。**


つまり、局部丸出しのエロ美少女フィギュアが所狭しと並べてあったということですか、と言うと。

ゴジラのトサカ部分を無数の男根に変えた「チン・ゴジラ」が売られていたそうだ。

そういう「天才」の話は、創作家として自信を失うのでやめてほしい。

もちろんワンフェスは五穀豊穣と子宝祈願を願う男根祭ではないので、多いのはやはり女子のエロフィギュアである。しかし、それは必ずしも全体像でなければばいけないというわけではない。部分だけでも良いのだ。

もっと簡単に言うと、手製のオナホなども売られていたらしい。

目から鱗である。確かにあれも紛れもない立体物だ。むしろ平面だったら、どこにも挿れようがない。


しかし「オナホが手作りできる」ってとんでもない技術ではないだろうか。例えば絵の描けない人間は、他人が描いたエロ漫画を読むしかない。しかし「銀牙のBL本が読みてえ」と思ってもそうそうないはずだ（探したら絶対ありそうなのであえて探さなかった）。

そうなると他人が描いてくれるのを永遠に待つか、自分で描くしかない。こうやって未来の巨匠が誕生するのである。※個人の感想です。

オナホも同じである。オナホが作れない人間は他人が作った市販のオナホを使うしかなく、もしオナホの販売が禁止なんかされたら永遠に使うことができない。

そんな中**「俺……実はオナホ作れるんすよ……」と名乗り出たら完全にヒーロー、救世主（メシア）である。**

ともかく「自分で作れる」というのはすごいことなのだ。

そして、オナホだけではなくもちろん「おっぱい」も単体で売られていたそうだ。何がもちろんなのか分からないが「必然」である。

おっぱいが作れるなんて男としたら「錬金術に成功した」ぐらいの話なのではないだろうか。

ワンフェスで手に入れたお宝の行方は？

何でも市販で手に入る昨今だが、与えられているものはいつ与えられなくなるかわからない。そういう時、自分で作れる者は強い。**自給自足、T●K I●スピリッツである。**

T☆K I☆がオナホを作ろうとしたら、やはり上質なシリコンを育てるところから始めるのかと考えたが、ゴラクといえどあそこの事務所は怖いと思うので、このぐらいにしよう。

しかし、そこで手に入れたお宝、持って帰ってどうするのであろうか。

平面だとチンコが入らないという欠点があるが、逆に保管がしやすいという利点もある。コミケで買ったエロ同人誌なら薄いので隠しやすいのだ。

オナホだったらそもそも隠すものなので良いだろう。**しかしエロフィギュアの場合、飾らなければ意味がないのではないだろうか。**

それともエロ本などと同じく、出番の時だけ出して終わったら戻すという感じなのだろうか。それともオタクがよく言う「観賞用、保存用、使用用」というのはそういう意味なのか。


しかしよく考えたら、私が同人誌即売会に行った時などは、とにかく目当ての物を手に入れることしか考えていない。**それをどこに置くとか全く考えずに、破廉恥極まりないものを買っている**。そして、家に帰り読み終わり「尊い……」と言った後に「さてどこに置こうか」となっているのだ。

よって、チン・ゴジラも手に入れるまではどこに置くかは未定ということである。

意外と玄関とかに飾ってしまうのかもしれない。

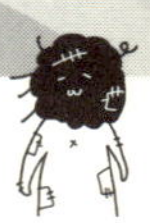

猥談ひとり旅

25

チンコがなくても欲しくなる

「感想を聞かせてください」（担）

TENGAに満を持して電動タイプが誕生したそうだ。

逆に今までなかったのが驚きだ。てっきりすでに四輪駆動でガンガンに山頂とかを攻めているものだと思っていた。

こういうテーマのコラムの場合、資料としてエログッズの一つや二つ送られてきてもいいような気がするのだが、**徹頭徹尾、伝聞と想像だけで書けというスタイル**なので、この電動TENGAもインターネットで写真や動画を見ることぐらいしかできないのだが、**よく考えたらTENGAを送られてきても困る。宝の持ち腐れ、というか、当方がそれに挿れるお宝を持っていないのでどうにもならない。**

しかしこの電動TENGAをもしオナホ以外に使うとしたら「インテリア」である。そのぐらいオシャレなのだ。

まず名前からしてクールである。「FLIP 0（ZERO）ELECTRONIC VIBRATION」だ。

黙れ貴様は電動TENGAだ、と美輪明宏声で言いたくなる気持ちもわかっていただけるだろう。もはやTENGAの社員ですら本当にこの名前で呼んでいるのか疑問である。

とてもハイテクそうな名前であるが、実際ハイテクである。

公式説明によると〝インサーテッド・バイブレーション〟という技術が使われており「本来、振動を吸収してしまう性質のゲルに対し、ロスすることなく緻密に刺激を伝えることに成功した」とのことだ。

まさかその**緻密な刺激を伝える相手がチンコだとは夢にも思わぬ説明**である。

使用説明動画も見たが、完全に最新スポーツカーのCMである。最新技術で振動するゲルを「新しいエンジンです」と言われたら信じると思う。

もちろん挿入した時の図の説明もあるのだが、その時の疑似チンコがシルバーに輝く棒である。完全にステンレス製だ。**こんなにチンコ感のないチンコははじめて見た**。

チンコを挿れる商品なのに出来るだけチンコを連想させないようにするという斬新な手法である。ナレーションの男性の声もクールだ。

流石スタイリッシュオナホを作らせたら右に出る者はいないTENGAさんである。危うく「チンコがなくても欲しくなる」と口走りそうになる出来だ。

ちなみにお値段は一万八千円だ。これだけの技術を搭載し、もちろん充電式で何度も使える。それでこのお値段なら、**チンコさえついていれば「買いだな」と、敏腕デイトレーダーの顔で購入ボタンを押している**ことだろう。

スタイリッシュオナホの需要

しかしTENGAのオナホがカッコよく、さらに見掛け倒しでない機能をもっているのはわかったが、この必要以上のカッコよさは一体何に向けてのものなのだろう。

例えば見た目がとてもオナホに見えないことにより、家族や客人に見つかった時、それと気づかれないという利点はある。しかし、わざわざ見てくれとばかりに飾る人間はやはり少数派だろうし、アクセサリーのように身に着けたまま外出をしたら、局部は確かにTENGAに包まれているため見えず、コテカ（いわゆるペニスケース）と同じと言えば同じだが、残念ながらここはパプアニューギニアではなく、法治国家日本である。逮捕は免れない気がする。

そして、この「FLIP 0(ZERO) ELECTRONIC VIBRATION」を使ってビジネスをしている時、簡単に言うと、電動TENGAでオナニーをしている時、このスタイリッシュさは必要なのだろうか。逆にあまりにもクールすぎて没頭できなくなるのではないだろうか。

これだけスタイリッシュオナホが開発される中、未だに女陰丸出しの肌色オナホが美少女のイメージイラスト付きで販売されているのは、やはりクールなオナホよりそっちの方が興奮するからという人間がいるからだろう。

例外として、鏡に映った自分がオカズという場合は、クールな奴を装備している方がオカズとしての精度があがるような気もする。


しかし、実際TENGAを使用している人に、そこらへんどうなんですかと聞いたところで「どうでもいい」「そんなこと考えたことない」という返答が返ってきそうな気がしてならない。確かに**オナニーの最中にオナホのデザインを気にする人間なんてそんなにいない気がする。**それを見ている暇があったら**エロ動画**

とかに集中した方がいいだろう。

やはりTENGAのクールさというのはあくまで使っていない時用であり、使っている時はそれが最新デザインだろうが、黄土色の年季の入った女陰型だろうが関係ないのかもしれない。

結局いくら考えたところで、オナホを使っている時の男の心理状態など知りようがない。

もし近い検証をしてみようと思ったら、irohaのようなキュートな女性用オナニーグッズと、ヤマタノオロチのような黒光りのバイブを使うのとでは心持ちが違うのかということぐらいだ。

しかし、女の場合、挿れちゃったらもうデザインとか全く見えない。つまり**女子用グッズは本体部分より常に見える「持ち手」の部分のデザインを凝る方がいいんじゃないだろうか**。

だろうか、じゃない。そして「ぜひ八頭バイブを送ってほしい」という遠まわしな催促ではないのでぜひ気を使わないでほしい。

猥談ひとり旅

26

方言女子

ホント失望した

「以前沖縄の風俗に行った時、出てきた女性に『埼玉から出稼ぎに来たばかり〜♪』と言われて失望したことがありました」

例によって担当の言だが、それにしても風俗行き過ぎである。家族にこのコラムを見られたらコトなのでは、と言ったら、「そんな時のためにダミーになる編集者を2・3体用意してある」というゴラク的な返答が返って来た。おそらくダミーというのは「代わりに死んでくれる」という意味だろう。**さすがゴラク、編集部内でさえ、とるかとられるか、だ。**

なんでガッカリしたかというと、『翔んで埼玉』的選民思想ではなく、せっかくなら沖縄で育った沖縄弁の嬢が良かった、とのことである。

つまり、**沖縄の風俗に行って埼玉の女が出てきたというのは、郷土料理店に入ったらミラノ風ドリアが出てきたに等しい**ということである。せっかくなら、そこで獲れた魚を食いてえ、みたいな感覚だ。

しかし、どこ産でも人間は人間である。沖縄産の女は背びれがデカイみたいなわかりやすい差はないし、食い物と同じで、**沖縄産だと言われたら沖縄産と信じ**

てマットプレイとかして「やっぱ沖縄の女は波が荒いねー！」とかわかったようなことを言うに決まっている。

だが担当曰く、**地方の女の良さは背びれの大小ではなく「方言」**だという。特に自分は東京生まれ東京育ち。悪そうな奴しか登場しないゴラク部員なので、ことさら萌えるという。

確かに「方言萌え」というジャンルはある。

ゴラクを代表するヒロイン「枢斬暗屯子様」だって一人称「ワシ」語尾が「〜じゃあ」という「漢弁」の使い手だが、確かに萌える。

これは男だけではない。私は地元どころか部屋からもろくに出たことがないので、方言男子と話す機会はないが、二次元で方言を話すイケメンキャラが出てくると「三割増し」と感じる。

やはり方言には魅力があるのだ。

だがそれも種類によるだろう。語尾が「やんす」とか「がんす」にも萌えられるか、ましてプレイの最中に言われて良いか、は未知数だ。もしかしたらすごく良いかもしれない。

また別の雑誌の編集者の話になるが、先日名古屋に行った時、後輩にせがまれ現地の風俗に行ったという。

もはや地方に行ったら風俗に行くというのは大阪に行ったらたこやきを食う程度の行為なのかもしれない。

それはいいのだが、**その編集者はおそらく両親を味噌で煮込まれて殺されたのだろう。名古屋嫌いを超えて「名古屋に絶望」**していたのである。

もちろん個人の思想なので、名古屋の方は怒らないで聞くかこのページを味噌で塗りつぶしていただくかしてもらいたいが、ともかくこの編集者は名古屋に絶望していた。

よって、風俗へ行くのも乗り気ではなかったが、後輩が是非にと言うし、待っているのもなんだし「カレッジナイト」とか何とかいうような名前のヘルスだかピンサロだかに入店したという。

まあ平凡な名前である。これが「金鯱」とかだったら編集者はもっと萎えていただろう。

そこで登場した**名古屋嬢は、体つき、態度全てにおいてスケールのでかいタイプだった**という。

そして**開口一番「今日は生理なのでプレイはしない」と言い放った**そうだ。

完全にブチ切れていいし、その嬢の両目を突きながら「チェンジ」と言うべきシーンだ。

だがその編集者は**「まあ名古屋だしな」と納得した**という。こちらの想像以上に名古屋への絶望は深いようだ。

方言は時として命まで救う

プレイが出来ないならトークとかをするしかない。編集者は「カレッジナイト」という店名が気になったらしく「カレッジってどういう意味？」と尋ねたという。

すると嬢は、何言ってんだコイツ、という顔つきで「カレッジって言ったらカレッジだで」と答えたという。

これが名古屋弁かは定かではないが、方言女子である。どうだ萌えるか。

いや、むしろ苛立ち5兆倍マシである。今ここで嬢の首を刎ねたとしても、裁判の結果無罪だろうし、逆に店が損害賠償を払うことになるだろう。

それで**絞め殺したのですか？　と聞くと「まあ名古屋だしな」と思って諦めた**という。

逆に相手が名古屋というだけでキリストのように寛大になってしまっている。むしろこの嬢が標準語で答えていたら撲殺されていたかもしれない。方言は萌えにもなるし、時として命まで救うのだ。

このままでは名古屋のネガティブキャンペーンみたいになってしまうので、ぜひ当担当に名古屋出張の際現地の風俗に行ってもらい「名古屋は良かった（性的な意味で）」と言ってもらいたい。

だがその際は「カレッジナイト」という名前の店だけは避けてもらいたい。今回は回避できたが、今度こそ殺人事件が起こる可能性がある。

猥談ひとり旅

27

夫婦間企業努力

味変中

「ウチの上司はローター5台使い倒して壊したらしいです。そんな夫婦生活があることに引きます」

いつもの担当の言である。「嫁には使いたくない。もっと非日常な相手に使いたいです」とのことだ。

相変わらず息をするように劣悪なことを言うが、確かに正しいと言えば正しい。結局セックスに刺激を求めるなら同じ相手に小手先を変えるより、違う相手とするのが一番という結論が出てしまっているのだ。ローター買ったつもり貯金で風俗行った方が良いということだろう。

ローターと家庭の両立問題

しかし、その上司も誠実と言えば誠実である。相手を変えるのが一番と言っても、そう簡単な話ではない。一応法律上、配偶者以外としてはいけないことになっているのだ。

それを順守しようとしたら、同じ相手を味変して食うしかないだろう。

そう考えると**ローター5台というのは、ソースやマヨネーズはもちろんナンプ**

ラーぐらいまで用意して飽きが来ないように努めていると言える。

ゴラク部員のことだから別腹で風俗にも行ってそうではあるが、妻に対する企業努力は認めるべきだろう。

しかし**担当が嫁にローターを拒む理由はそれだけではない。「出番がない時に押し入れにあるのが嫌だ」**とのことである。

確かに。これは誰もが抱える**「ローターと家庭の両立問題」**である。

家庭というのは、阿片が蔓延《まんえん》していたりとかでなければ四六時中エロいことばかりしている場ではない。むしろそうじゃない時の方が多い。真面目になったり落ち込んだり、無気力な時もあるだろう。

そんな時、視界にローターが映ってしまうかもしれないのである。

そういう気分じゃない時のエロスほど萎えるものはない。先日旅先でアダルトチャンネルが無料という、経営者は石油王かな？　という豪華なビジネスホテルに泊まったので、当然そのチャンネルを見ていたのだが、深酒していたせいもあり途中で寝てしまった。

そして目を覚ました翌朝、眼前のテレビでは早朝セックスが繰り広げられていた。

「朝のフルーツは黄金」と言われるように、二日酔いの朝見るセックスもかなり黄金だ。しかしこの場合の黄金はスカトロジー的黄金である。

つまり、そんな気分じゃない時エロを突きつけられるのは、朝ごはんにウンコを出されるぐらいゲンナリする。

だが、家にローター等エログッズがあるということは、そういう事故が起こりやすいということである。

やはり、家庭に仕事を持ち込まないように、エロも持ち込まない方がいいんじゃないかという話である。

そして、家庭にエロを持ち込んだが故の悲劇例もある。

担当の友人は、バイブを家庭に持ち込んだところ嫁に激怒され、その日に返品に行かされたそうだ。

企業努力が顧客に受け入れられなかった例である。

しかし、そういう玩具類を素直に受け入れる女というのは何割なのだろう。やはりまだ引く派の方が多いのではないだろうか。

それでなくても日本は天然物思考がある。どんな美人でも整形とわかったら男は萎える傾向があるし、芸能人だったらスキャンダルのようにさえ言われてしまう。

その風潮で行くと、ローターやバイブがいくら良くても所詮人工物ということで日本女性に受け入れられないのも頷ける。おそらくそういう理由ではないだろうが、プレイに道具を使うのがポピュラーとはまだ言い難いだろう。

しかし、七つ道具を使いこなしているカップルにだって「はじめて道具が持ち込まれた日」があるはずだ。

ドラクエで言う、銅の剣やひのきの棒のように「初期装備です」という感じで、最初からバイブやローターが使われていたわけではないだろう。

一番スムーズなのは「その場のノリ」である。ラブホテルの部屋には大人のおもちゃが販売されているところが多い。そこで「こんなのあるよ、使ってみる?」みたいな入り方が一番自然だ。

それを考えると、**わざわざ買って来たバイブをいきなり家庭に持ち込むというのはやはり難易度が高い**。日常に非日常がやってくるのだから当然だ。

奥方もノリノリなら良いが、そうではない場合、どうやってスムーズに使用に持ち込めばいいのだろうか。

もちろん、セックスのマンネリが解消できないとよそでやってしまうぞ、俺が浮気してもいいのか、のような言い方はだめだ。完全なモラルハラスメントなので、問題がセックス以外にも広がってしまう。

そうは言っても**せっかくのバイブだ。もっとポジティブな誘い方ができるはずである。**

つまりプレゼンである。そのバイブの製造販売会社の営業になったつもりでその製品を売り込むべきだろう。

コンディションによっては空振り三振な自分のモノにくらべ、電動で動くこれは常にヒットヒットの安打製造機であるとアピールするのだ。相手は女なので、美容とかダイエットとかいうフレーズを入れると成功率があがる。

しかし、あまり乱用しすぎると、自分がバイブの代打になる可能性があるので、注意が必要だろう。

猥談ひとり旅

28

あくまで自由恋愛です

ハッスルハッスル

先日担当が高円寺を歩いていたところ、ラブホの前で引っ張り合いをしているカップルがいたという。

男の方は3メートル先からでも酒の臭いがわかる60ぐらいのガテン系。女の方は20代のキャバ嬢風でとても疲れた顔をしていたという。ちなみに真昼間の光景だったそうだ。

セックス離れの若者が聞いたらさらに離れてしまう完全な胸焼けエピソードである。離れるのも悪いが、密着しすぎもいかがかという話だ。

実はソープもキャバと同じ自由恋愛制

ちなみに担当はデリヘルに行く予定だったがそれを見て萎えたため、やめたらしい。担当曰く「これしきで萎えるとは40代の悲しいところです」とのことだ。いやはや、とほほ、みたいな言い方をしているが、こちらにしてみれば殺し屋が殺しに行く途中、他の殺しを見たのでやめた、みたいな話だ。ハードボイルドである。

現象自体に関しては「高円寺は元気都市」ということで終わらせたいが、そのおっさんには「そういうのが目的なら最初から風俗に行けば良かったのでは」と思わぬでもない。

しかし、このおっさんやほかのキャバフリークから言わせると「そういうんじゃない」「わかってない」「黙れブス」「チリ毛」ということなのだろう。

まずチリ毛のことだけは言うな、殺すぞ。

確かに風俗というのは単純だ。金さえ払えば決められたサービスは受けられる。金を払った後、交渉次第でエロいことが出来るというシステムだったら誰も行かないだろう。

逆にキャバの場合は基本性的サービスは行わない。**もしキャバ嬢とヤろうと思ったら、それこそ交渉次第。店の関知しない自由恋愛としてヤるしかない。**

キャバフリークの中には、最初からヤっていいものと決まっている風俗より、口説く楽しさがあるキャバの方が好きという人もいるのかもしれない。

もしくは最初からエロ目的ではなく、俺の鉄道トークを両手叩いて聞いてくれるだけでいいという人もいるのだろう。

ゲームでいうなら、**キャバの方が攻略難易度、自由度がある**というわけだ。しかし、みんな知っているかもしれないが、**始めた瞬間魔王が倒せてしまうでお馴染みの「ソープ」もキャバと同じ自由恋愛制**なのである。

「ソープ」と言ったら、本番行為まで出来るわけだが、そもそも本番は違法行為なのである。

よってソープの料金とは、セックス代ではない。個室の提供、そしてソープ嬢に背中を流してもらえる料だ。

つまり**ソープ嬢という職業は正確には「客の体を洗う人」**なのだ。

しかし、大の大人の男女が、個室で、風呂場で、全裸で、もしくは全裸よりエロい格好で、なぜかマットとかローションとかある状態で体を洗い合っていたらどんなことが起きても不思議じゃありませんよね、旦那、というわけだ。

そして、そこで起こったことは、あっしら店の知ることじゃございやせん、あくまで自由恋愛です、というわけだ。

つまり結構グレーゾーンなのである。しかしそこをうるさく言っていたら素人童貞が絶滅してしまう。そんなのを守る暇があったらトキとか守った方がいいとは思うが、何事も数が少なくなってからでは遅いのだ。

それに男が困るだけでなく働く嬢だって困るだろう。誰も得をしないのだ。もちろん、店などではなく、フリーランス、簡単に言えば野良売春で本番をすることも可能かもしれないが、そういうのは男側にもリスクがある。相手が自称20歳の14歳とかだったら普通の刑事事件である。

この連載をしている内に、風俗通いをする男が正規の金を払いルールに則ったプレイをしている非常に行儀の良い男のように思えてきたが、多分錯覚だ。

つまり冒頭のおっさんは、自由恋愛を試みようとしていたわけだが、相手が拒否っている以上、無理強いは犯罪である。

風俗に比べたらキャバ嬢の方が業務内容的には楽なのではないかと思うが、決められたプレイをすれば一応客が納得してくれるであろう風俗に対し、キャバの場合は上記のような自由恋愛をしかけてくる客もいるだろう。嫌でも相手は客だ。

無下には断れないだろうし、枕営業という言葉があるとおり、場合によっては応じたりもするのだろう。

なんとなく「キャバ嬢の方が考えることが多そう」である。

むしろ、**キャバ嬢が自由恋愛に応じる時というのはどういう場合なのか**。それがわかれば攻略方法もわかりそうなものだが、単純に「金です」と言われたら「伝説の剣を持ってないと何年かけても魔王は倒せません」と言われているようなものなので、おそらく風俗に行った方がコスパがいいだろう。

結局、エロ目的なら時間的にも金銭的にも、トータルで風俗の方が効率がいい気がする。

だがそう言うとやはり「素人が」「一発28円（お前が払う側）のババアは黙っていろ」「チリ毛」と言われてしまうのだろう。

キャバ好きの人の意見はまた今度聞くとして、チリ毛は言うな、殺すぞ。

【 風俗用語集（特殊風俗編） 】

SM風俗……………………お金を払うと虐めてもらえる。自分が精神的Mか肉体的Mかを分析してから行くと、より満足のイくプレイをしてもらえる。

ニューハーフ風俗……挿れる方と挿れられる方を選べる。常連のゴラク編集部員はアナルバージン、らしい。

NTR風俗…………………妻役の嬢だけでなく旦那役も来る。演技力がキモ。

高齢者向け風俗………顔やテクより介護力。

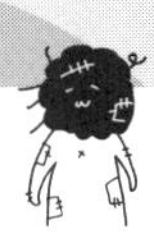

猥談ひとり旅

29

乳首は大切なことを教えてくれる

十人十乳首

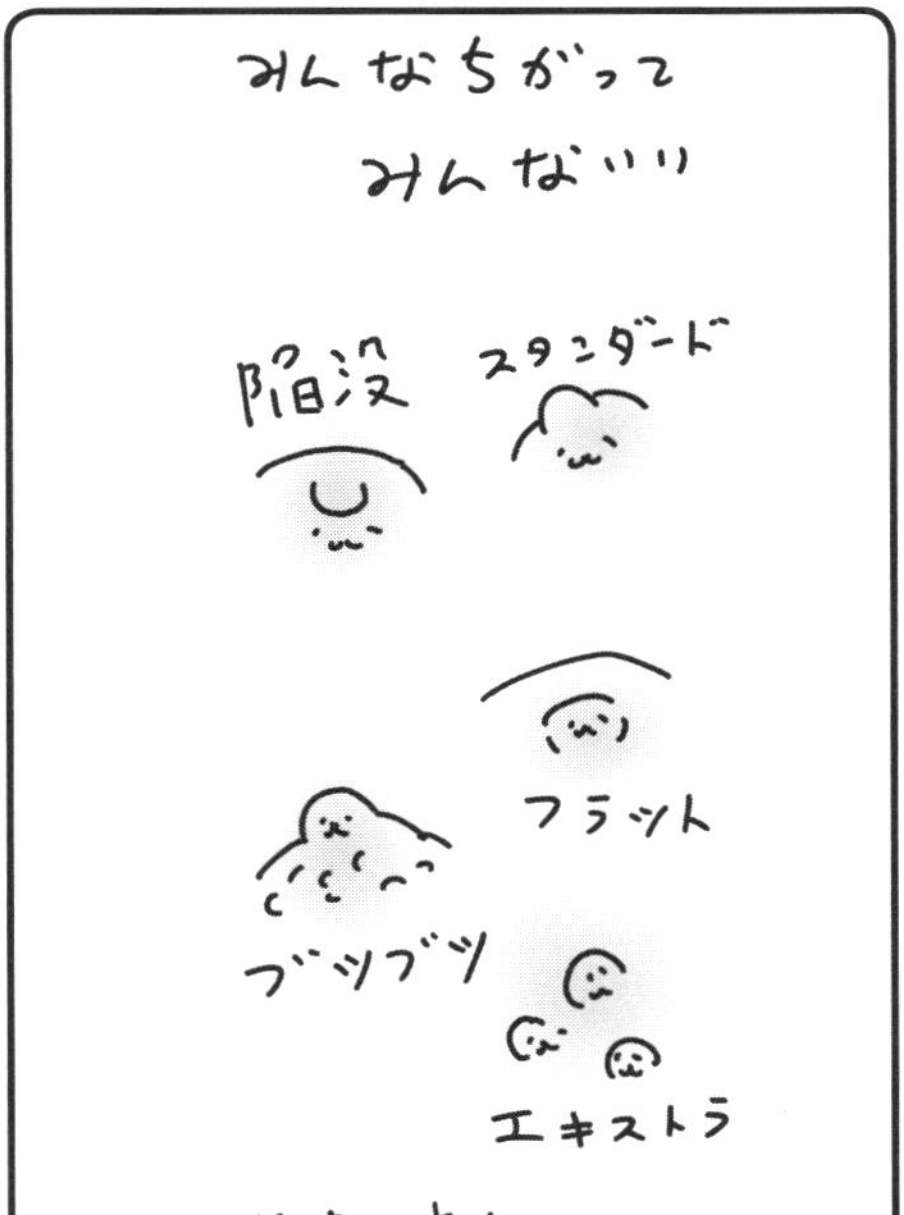
とは 本人は
なかなか思えない

「BLからのネタです」と担当からメールが来た。

おそらく「BL好きのゴラク女子部員（34）からのネタ」という意味だろう。略されすぎてジャンルそのものになってしまっている。

そしてそのBL曰く**「乳首は8種類ある」**とのことだ。

そんなにあるのか。しかし8種類あったとしても我々には基本2つしか乳首がない。8個は選びきれぬ。

陥没乳首で何が悪い

そもそも我々は選んだわけではなく、生まれつきその乳首なはずだ。つまり**「お前が乳首を選んだわけではない。乳首がお前を選んだのだ」**ということだ。

では、数ある人間の中から自分を選んでくれた乳首が何乳首であるか早急に確かめる必要があるだろう。今すぐ半裸になってチェックしてみよう。ただ現在、会社や屋外、義理の両親と会食中という場合は自己責任で行っていただきたい。

まず「スタンダードタイプ」。何の変哲もない凸型乳首だ。

乳輪が次のバッターが待つ円ぐらいあったとしたら別の名前がつきそうだが、

とりあえず普通に乳頭が出ていて、女性の場合乳首が1〜1・5センチぐらいならスタンダードだそうである。

次が「陥没タイプ」だ。乳首が内側にめり込んでいる凹型である。

そんなに珍しいものではなく、10人に1人は陥没しているのだという。ちなみに陥没タイプにも包茎と同じように真性と仮性があるそうで、刺激を与えた時、外側に出てくるのが仮性で意地でも出てこないのが真性だということだ。

乳首が陥没していて何が悪い、貴様に迷惑をかけたかと言われたらその通りなのだが、授乳に支障がでる場合があるので状況によっては病院への相談が必要だという。

しかし、お医者さんに相談だと言っても何科に行けば良いのか。今まで「乳首科」というのは見たことがない。

それに授乳とかいう問題ではなく単に見た目が嫌だから治したいという場合、どこへ行けばいいのか。叩く門を間違うと新たなトラウマを作る可能性大である。

ここでまた陥没乳首は包茎と似ているという点にヒントがある。包茎を治したかったらU野クリニック的なところに行く。つまり陥没乳首もそういうクリニックにいくのでは、と。

そう思いついたが吉日、私はすぐさまT須クリニック（のＨＰ）へ飛んだ。

やはりあった。「陥没乳首」のほかにも「乳頭縮小」や「乳輪縮小」なども手がけているようだ。頼もしすぎる。

手術方法は色々あるが、元に戻らないようにするにはやはり切ったり縫ったりするのがベストのようだ。

恐怖でキンタマがすくみ上がるような体験を「タマヒュン」というが、この手術も想像するとかなりの「乳首ヒュン」である。

しかしそれで陥没乳首が治るなら安いものだろう。だが安いものと言っても実費で「25万」ほどかかるようだ。

生まれつきスタンダード乳首を持つものなら、この25万を豊胸や鼻を高くするのに使えるのである。しかし陥没乳首はまず25万払ってゼロからのスタートなのだ。我々は背が低い高いなど、どうにもできない特徴やハンデを背負って生まれてくる。

しかし、**ハンデとは時として「武器」なのだ。**AVやエロマンガには「陥没乳首」というジャンルが立派に存在する。つまり「好きな人は猛烈に好き」ということである。


ちなみに担当は「風俗で陥没乳首や巨大乳輪が出てくるとハズレかなと思う」そうだが、こういうわかってない腰抜けのことは気にしなくて良い。

8種類もあるのに陥没乳首のことで熱くなりすぎた。

ちなみに真性と仮性で2種類に数えられるので次は4種類目の乳首「片方だけ陥没乳首タイプ」だ。

この種類を分けた人も陥没乳首のことで相当熱くなっていないか。すでに**8種類中3種類が陥没乳首だ。**

しかしこの片方だけ陥没乳首、侮ってはいけない。生まれつきなら良いが、突然片方だけ陥没したら乳がんの恐れがあるそうだ。乳首はいつでも大切なことを教えてくれる。よって我々も乳首の声に耳をすまさなければならない。カントリーロード。

そして5種類目が「フラットタイプ」だ。これももちろん陥没しているのだが、奥までめり込んではおらず、文字通り乳頭と乳輪が平面。グラウンドゼロ状態の乳首のことである。

この均衡を保つのはある意味難しいのではないか。難易度の高い乳首である。駆け足になるが6種類目は「膨らんだつぼみタイプ」。いきなり乙女に語りかけるような言葉が出てきたが、当然乳首の話であり「乳頭、乳輪全てが小さい人」を指す。

7種類目は「ぶつぶつタイプ」だ。

どこがぶつぶつかというと乳輪のぶつぶつだ。あれはモンゴメリー腺と言って、指毛とかよりもよほど役目がある器官だそうだ。おそらくそれが特盛りになっているのがこのぶつぶつタイプである。

最後8つ目は「エキストラタイプ」だ。なにやら豪華な感じがする。「乳首の下あたりに3つ目や4つ目の乳首があるタイプ」だそうだ。その名に恥じないゴージャス振りだ。大きい小さいを越えて「数が多い」である。

どの種類であろうとも、コンプレックスに感じる人は感じるものである。大きすぎもアレだが、小さすぎもナニ、ぶつぶつが過ぎるのも気になるし、数が多ければ良いわけでもない。

「普通が一番」というが、それが一番難しい。やはり乳首は大切なことを教えてくれる。

猥談ひとり旅

30

風俗の真実

正義は我にあり（※犯罪です）

「風俗でボッタクリにあった時どうするかにも個性がある」

いつもの担当の談である。まず比較対照できるほど風俗でボッタクリにあっている人間が周りにいるということに驚きだ。

その前に私は当連載を始めるまで、そうは言っても風俗に行く男はそんなにいないものと思っていた。

風俗産業の大きさを見るに絶対そんなことはないのはわかっていたのだが、周りにここまで風俗に行っていることを明言する男がほとんどいなかったのだ。

どいつもこいつも**「彼女や嫁、もしくはセフレとすればタダなのに何故金を払う必要があるのか」とろくろを回すポーズで言う奴ばかりだった**のである。

そう言っていた男が、本当に行っていないのか、行っているのにIT社長みたいな顔で行っていないと言っていたのかわからないが、私は素直に「ですよね」と言っていた。

つまり、**風俗というのはタダでやらせてくれる相手がいない人間が行くところだと思っていた**のだ。

誠に不見識、謹んでお詫び申し上げたい。

何故なら、担当から出てくる風俗ネタというか、担当から風俗の話以外が出るほうがレアなのだが、それを聞くに本人含め、既婚者がガンガンに行っているのだ。

風俗が浮気に当たるかは個人の判断によるし、中には「同じ空気を吸ったとすれば、それはもはやセックス」ということで厳罰を科せられるご家庭もあると思うので、ここで論じるのはやめておくが、ともかく、タダでやれる存在がいるのにわざわざ金を払ってやっている人間が少なからずいるということである。

タダでやれる女より良いから風俗に行く

つまり、**タダでやれる相手がいないから風俗に行くのではない。タダでやれる女より良いから風俗に行っている**のである。

冷静に考えてみればそれはそうだ。私のような二次元オタクが「三次元の男に相手にされないから二次元の男に行っているんでしょ」と言われたら、相手の頭をカチ割り氷してしまうのと同じである。

風俗は素人の代わりではなく、独立した存在なのだ。どちらが上という問題ではない。

ではなぜ「素人童貞」などという言葉があり、普通の非童貞より下に見られがちかというと、その差は「セックスしたことがあるか否か」ではなく「セックスに漕ぎつける力の有無」ではないだろうか。

金銭のやり取りなしでセックスをしようと思ったら、コミュ力、交渉力、もしくは何も言わなくても女が全裸になるような顔、ともかく「デーマン（2万）をもらわなくてもこいつとヤッていい」と思わせる力が必要である。それがあるかないかという点では、**素人童貞は普通の非童貞より下かもしれないが、金を払えばヤらせてくれる風俗嬢が素人女より下というわけではない。**

むしろセックス自体の質はプロである嬢の方が上だろう。だからタダでする相手がいる男も行くのだ。

話が長くなったがつまり「風俗は良いところ」なんだな、ということである。

そんないいところでボッタクリにあうなんて夢も希望もない話である。せっかく正規の金を払って合法的に卑猥の限りを尽くそうという紳士的態度で来ているのに、店側が法を犯してくるなんて倫理観が世紀末すぎる。

そんな理不尽にあった時、人はどうするか。それが冒頭言ったテーマである。今回のケースは担当とその友2人。3人とも歌舞伎町の風俗店でボッタクリに遭遇した時のことだという。一体どういう確率なのだろうか。歌舞伎町は世紀末なのかもしれない。

どうボッタクリにあったかというと、受付で金を払い、部屋に入ってまた金を要求されたという。

そんな時どうするか。まず担当は「払えない金ではないので払った」そうだ。担当は「3人の中で最弱であり、一番損している」と言っているが、おそらくプレイはしたのだろう。本当に弱かったら金を払った上にプレイも出来てない気がする。

2番目の友人は、金がないとひたすら謝りプレイせずに退店したという。これは最初払った金は返金してもらったのだろうか。もしそうでなければこれが一番損していると思うが、それでも納得いかない金は死んでも払わんという強い意志を感じる。

もちろん、謝る必要はないとは思うが、被害者としても事を荒立てたくないという気持ちもわかる。

人はエロ事で脅されると弱いのだ。未成年の美人局なんかに引っかかった日には、法的にも社会的にも死にかねないし、たとえ違法でなく最終的に勝つとしてもエロで揉めたことなど人に知られたくないものである。

私だってコミケ会場で盗難にあって、両手にDB（ドスケベブック）を抱えたまま、警察で調書とか書きたくない。

人によっては「昨日お前が見たAVのタイトルをサブタイまでバラす」と言われただけで、3千円だしてしまったりするのだ。

そして最後の友人だが「激怒して店と大喧嘩、店を半裸で退店」したそうだ。強い。もはや金やエロの問題じゃねえという気迫を感じる。しかも半裸である。もし半裸の「半」が「下」の方だったら己が逮捕だ。

だが、これはたとえ自分が犯罪者になろうとも犯罪は許さないという強い心である。

このように風俗に行く時必要なのは金だけではない。時として「正義感」が必要なのである。

猥談ひとり旅

31

セックス照度問題

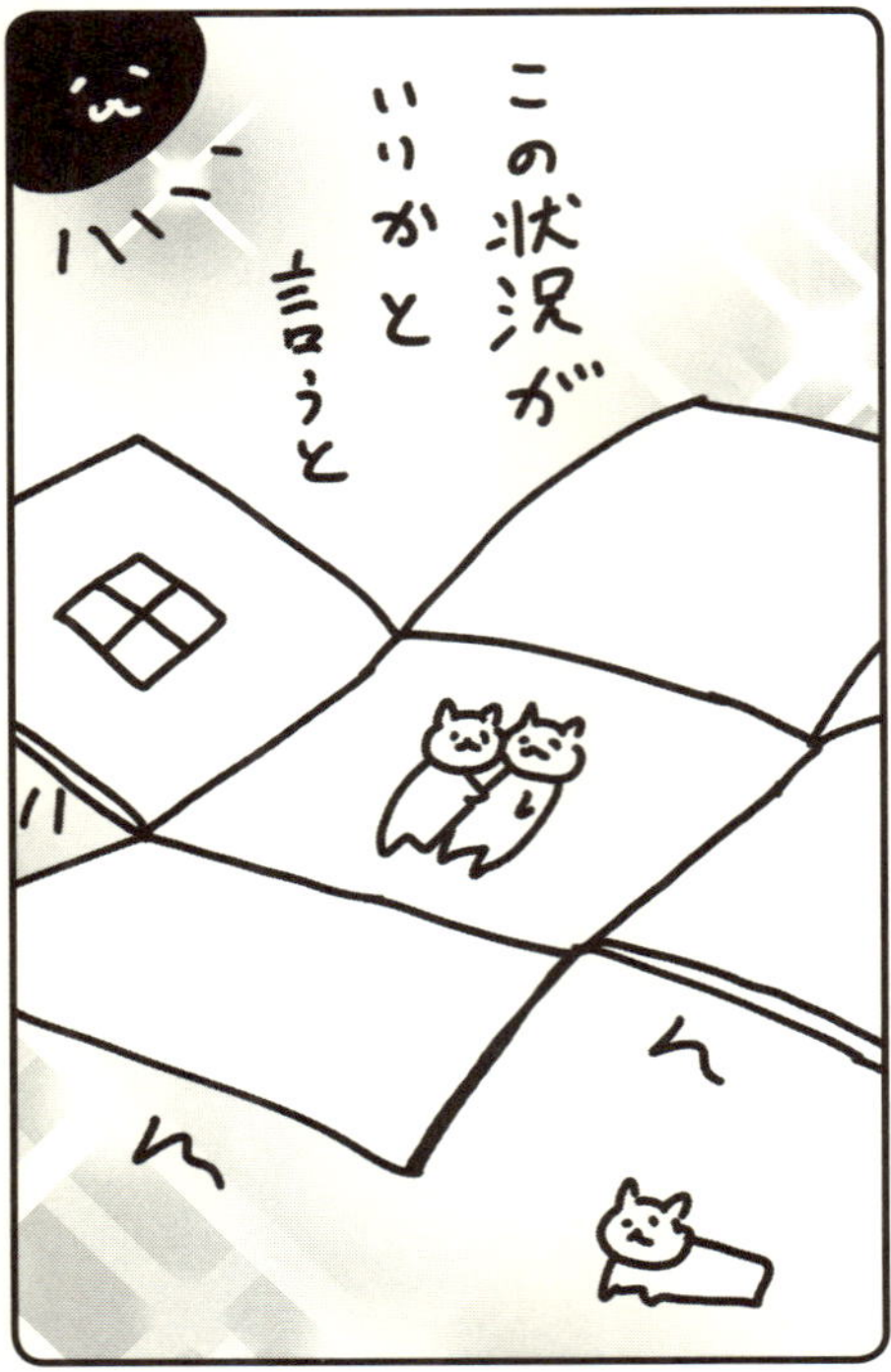

セックスはグループ

「昔、自分の部屋で**彼女といざ鎌倉**という段になって、カーテンの長さが足りず数センチ外が見えているという理由で拒まれ、ブチ切れそうになるのを抑え、翌日早速カーテンを買って、優勝しました」

毎度おなじみ担当の「強い」エピソードである。もしかしてこれは、その場で彼女の顔面を殴打しなかったのが偉いと褒めるところなのだろうか。

まず、彼女が拒んだ理由が本当にカーテンだったのか。体よく断ろうとしたら、相手が凄まじい行動力を見せたので「こいつ絶対ヤるマンだ」と思って諦めたのではないか。

もしそうじゃなかったとしたら、死んでも自分のセックスを外部に漏らしたくない、または1ミリも光を入れたくない派ということになる。

人間の体というのは視力を落として見た方がいい

これは「照度問題」である。ちなみに担当は「部屋を暗くしてと言われると萎える派」だそうだ。さすが寸足らずカーテンを使っていただけある。

セックスに適した照度とはなんなのか。明るすぎるのもアレだが、暗すぎるの

もどうかという気がする。

まず、全てが世界まる見えテレビ特捜部というのも萎えるのではないか。最近のテレビは画質が良すぎて、美人女優でさえ毛穴やシワが見えて萎えるという人間がいるくらいだ。素人の体なんて言わずもがなだろう。

むしろ**人間の体というのは視力を落として見た方がいいものなのではないだろうか。**人間生きていればあらぬ所から毛が生えるし、イボもできるし、またそこから毛が生える。ともかく決して美しくないものが勝手に生えるのだ。脇から薔薇が生えている例は見たことがない。

だったら、細部までは見えない方が良いのではないか。**フォトショップで言うなら、細々とシミを消すのではなく「画面全体ガウス」**である。それが「電気消して」「カーテン閉めて」なのだ。

バーやオシャレ居酒屋のように照度が低い場が女を口説くのによく使われるのは、ムードというより相手の細部まで見えないせいかもしれない。だがこれは逆に女の細部も見えないから注意が必要である。明るいところで見たら鼻から薔薇が生えているかもしれない。

だが逆に、見えなすぎもどうかという話だ。相手が何者かもわからないぐらい暗かったら、誤って義父とかを抱く恐れがある。

せめてシルエットで、相手が武井咲か武井壮かわかるぐらいでないとまずいだろう。そうすれば間違えて壮の方を抱いてしまうという事故も防げる。

よって、見えすぎもなく見えなすぎもないしゃらくせえダイニングバー照度ぐらいがセックスには一番いいのではないかと思える。

つまり、小洒落たダイニングバーで女を口説いて、その場で一発やるのが、国家権力を恐れないなら、一番効率がいい、ということだ。

しかし、世の中には、住宅展示場のモデルルームぐらい明るい方がいい、むしろモデルルームの謎の果物が置かれているテーブルでヤリたいという人もいるだろう。

そもそもセックス自体、全然美しい行為でもない。冷静になってみれば、全て爆笑珍プレーと言っていいほど滑稽な行為であり、汚い部分は見せたくないから電気を消してくれなどと言うのは全裸で外に出ておいて、見ないでください、訴えますよ、と言っているようなものなのかもしれない。

よって今更どこから毛が生えていようが野生動物のようにケツから草が生えていようが些末なことであり、むしろ猥雑であればあるほうが良く、人形のようにキレイな体を相手にするよりはゴマフアザラシのようなボディの方が興奮するのかもしれない。確かに、美しさ＝エロスではない。時には醜さや生々しさの方がそれを凌駕する時があるのだ。

そもそも部屋を暗くすることに固執する女はセックスに対するグルーブが低い気がする。見られると恥ずかしい、つまり自分のなりふりに構っているということである。セックス中に自分の化粧崩れを気にしているような女のパフォーマンスが良いわけがない。

いかに没頭するか、羞恥を捨てられるかが肝である、とAV男優の人も言っていた。

では、部屋につくなりカーテンを燃やし、窓を全開にするどころかコントのように壁四方を外側に倒してプレイをするような女が良いかと言うと、多分「それはちょっと」という話になってくると思う。

羞恥はエロに邪魔という考えがある一方、恥じらいこそが最高の調味料という美食家がいるからだ。

だから、女の「恥ずかしいから電気消して」に燃える男も絶対いるということである。

そして、少しぐらいは見えていた方が良いとは言ったが、全く見えてなくても人は興奮する。だから目隠しプレイというものがあるのだ。

もちろんこれは攻められる側が目隠しをするのであって、攻める側がして手探りでやると、入れる場所を間違える等あらたな事故が起きるので注意が必要だ。

そして、中には、相手の姿が少しでも見えたら萎えてしまうので暗闇にしている、という人もいるかもしれない。

なぜそんな相手とやっているのかという話になってしまうが、**人には時として義理や義務が課せられる**のだ。

結局は相手や気分によって、電気を消したりつけたり、カーテンを捨てたり壁を破壊していく臨機応変さが求められるということだろう。

猥談ひとり旅

32

はじめての×××

32 はじめての×××

人間誰しも初めて異性の性器を見る瞬間がある。

そう言われれば確かにそうだ。同性の物なら自分にも標準装備されているが、異性のとなると他人のを見るしかない。

担当は17歳の時、金持ちの友人が直輸入した洋モノAVで初めて見たという。

ちなみにその友人は税関から警告文が届いて家族バレしたそうだ。

ベッドの下に隠したエロ本を、母親により丁寧に机の上に並べられるぐらいしかできない我々小市民に対し、金持ちというのは何をするにもスケールがでかい。

勝てない、という話である。

しかしベッドの下にエロ本という発想自体、昭和のものだろう。今はインターネットがあるからだ。

つまり教材がいとも簡単に手に入る世の中だ。中学生の時、エロ本を買うため親父の釣りジャンを着て本屋に行くなんてしなくて良いのである。

とにかく予習が簡単になった。よって、初体験で初めて異性の性器を見るという人間も絶滅寸前なのではないだろうか。

逆に言えば、ネット普及以前は結構いたのではないだろうか。

私も、実は中学二年生までセックスが具体的に何をするか知らなかった。何となく勘付いてはいたのだが「いや、まさか」と思っていた。あんなところにあんなものを入れるなんて正気ではない。

そのまさか、を決定づけたのは『エヴァンゲリオン』のエロ同人誌である。当時社会現象にもなったエヴァンゲリオン。そして**「大ヒットアニメが生まれる」ということは同時に「それを題材にしたエロ漫画がクソほど作られる」ということを意味する。**

普通そんなものが表に大きく出ているなんてことはないのだが、エヴァンゲリオンはあまりに大ブームだったせいか、そういうエロアンソロが普通に目立つところに平積みされており、酷い時には原作の横に置かれていた。

教えてもらえなければ、永遠にセックスの仕方はわからない

よって中二の私は、原作よりも先にエロアンソロを見た。というか原作は未だに見ていないのだが、この経験のせいでエヴァはドスケベアニメという印象だ。

ともかく、その中ではほぼぼかすことなく思いっきり入っていたのである。ちなみにエヴァの主要登場人物は当時の私と同じ中二の14歳だ。同じ14歳でありながら、片やセックスが何なのかもわからず、片やセックスをしている。やはり世界のために戦う少年少女はスケールが違うという話である。

そして何故私がそういう事態に陥ったかと言うと、実家にそういう知識を得る教材が一切なかったからだ。これは家を出るまでの27年間本当に一度も見た事がない。うちの親父や兄貴は一体どうなってやがったんだと未だに疑問である。仏間にある大黒像とかがおかずだったのだろうか。

さらに親も私に対し具体的な性教育、というかセックスの仕方など教えはしなかった。

人間というのは、動物の中で唯一、教えてもらえなければ、永遠にセックスの仕方がわからない生き物なのである。

つまり、ネットが普及していない時代、教材入手経路がなく、親や学校が教えてくれず、情報をくれる友人もいなければ、セックスが何なのか気になっても知りようがないのだ。

それが今だったら気になった瞬間、グーグルにセックスと入力すれば一瞬で答えがわかるのである。むしろ**グーグルの検索ボックスに入れられた単語第一位は「セックス」なのではないだろうか。**

だが現代でもそういった情報から徹底的に隔離されていれば知らない、ということも十分ありえる。

しかし、**エロから遠ざけて育てれば真人間になるわけではない、というのは私を見るだけでも十分立証されている。**

むしろ何の知識もなくセックスに挑んだり、ぶっつけ本番で異性の性器を目の当たりにするほうが悪影響なのではないだろうか。

何事にも予備知識は必要だし、目だって慣らしておくに越したことはない。ムスカ状態になってからでは遅い。だが、**事前に知っているから本番は余裕というわけでもない**、と担当は言っている。

確かに、アワビの捌き方を知っていたからといって、それで「アワビが捌ける」ということにはならない。

結局、実物を捌かねば一生捌けるようにはならないし、それも1回ではなかなか上手くいかないだろう。試行錯誤を重ねてマスターしていくしかない。

さらに**「ビデオでは、触覚とか嗅覚とかまでは学べない」と担当は申している。**触覚はわかるが「嗅覚」とは意外なお言葉である。つまり「思ったより臭かった」ということだろう。それは失礼つかまつった。

チンコだってくせーよと言いたいが、どうしても構造上、女性器の方が汚れが溜まりやすいため、どっちが臭いかというとやはりこっちの方に軍配が上がってしまいそうな気がする。

よって、これから挑む男性は「グロい」だけでなく「臭い」というイメージで臨んで欲しい。何事も覚悟していればダメージが少ない。

しかし「グロくて臭い」なんて冷静に考えて最悪である。何故こんな場所が男に大人気なのかよくわからなくなってきた。

だがこれは、見た目は悪いが美味い、という珍味みたいなものなのだろう。ならば「臭い」も味である。

猥談ひとり旅

33

オトコの全盛期

萎えちゃう前に。

また、ゴラクの弱ペダBL好き女子部員（34）からの情報である。

「自分のクローンチンコを作れるキットがドイツから上陸した」と。

朗報！　なのかどうかはわからないが、朗報だとしても、私にもBL部員にもまずチンコがないはずだ。もしかしたらBLは持っているのだろうか。

ともかく、自分のモノと全く同じディルドが作れ、またバイブにもすることが可能なキットができた、ということである。

用途としては、女はオナニーの時に好きな男のことを考えることが多いから、**恋人にプレゼントしたら意外と悦ばれるし、ジョークとしてもウケる**、とのことである。

どれだけ心を開いたらこういうギャグで笑える仲になれるのだろう。このコラムをやっていると、自分の狭量さに頭が痛くなることが多い。

しかし、**プレゼントに最適かどうかは別として、己のためにも作っておいて損はないのではないだろうか。**

一般的とは言えないが、素人でも自分のヌード写真を撮っておく人はいる。それを使ってヌくというわけではなく、年を取る前に自分の一番いい時の体を残しておきたいということらしい。

いつか、勃たなくなる日のために

チンコもそれと同じだ。いつかは勃たなくなる日が来るかもしれない。だったら、最高の角度、硬度、膨張力を誇っている全盛期の姿を残しておいた方がいいだろう。

「またまたおじいちゃん、話盛っちゃって～」とか言う孫に論より証拠で見せるのにも使える。

記録媒体が発達したおかげで、黒歴史がより記録されやすくなってしまったが、記録してなかったことを嘆くよりはマシである。老後のためにも今すぐ、マイディルドの作成に取り掛かるべきだ。

まず**作り方としては、チンコの型を取り、そこにゴムを流し込み、固まったら完成**ということだ。

キットには、型を取る素材、ディルドになる素材、型を取る時に使うチューブや内蔵するバイブレーターなどは標準装備されているようだが、素材を混ぜるボウルやチューブをちょうどいい長さに切るハサミ、そしてペニスリングやペニスポンプはそちらで用意してくれとのことだ。

ボウルやハサミはともかく、最後、一般のご家庭にはあまりないものが出てこなかっただろうか。残り物を使ったレシピに「あまった伊勢海老」と書かれていた気分だ。それとも男のいる家庭には塩コショウと同じぐらいペニスリングが常備されているものなのだろうか。

しかしせっかく後世に残すなら、最高の状態のモノが良い。「八分咲き」とかが評価されるのは桜だけだ。十二分咲きぐらいにしておいて損はない。

だが、ペニスリングはわかる。根本に装着して勃起力や持続力を高める奴だろう。しかしポンプは初耳だ。ポンプと言うからには吸い上げるのか、と思い調べてみたら全くそのとおりで、笑顔になっているのが今だ。

女も化粧やその他器具で無理やり美人になろうとしているが、男も男で力ずく

で巨根になっているのだと思うと「お互いがんばりましょう」という励まされる気分だ。

しかしこのキット、なかなか難易度が高い。まず型になるパウダーを水で練り、そこにチンコを入れて型を取るわけだが、パウダーを混ぜチンコを入れるまで1分30秒だという。もちろん型は固まっていくわけだから、型となる液体を作った後で悠長に勃起させていたら、ただの円柱型ゴムの塊が出来上がるだけである。

よってもう勃起状態で型となる素材を練らなければいけない。練りながら勃起させる、でも良いが、ゴムを練ることに性的興奮を覚えるという人は少数派だろうから、やはり勃起させてからの方がいいだろう。しかし素材を混ぜている1分30秒の間に萎える可能性もある。「リングを用意しろ」と言っている理由がよくわかる。

ここで**半勃状態で型に入れてしまったら、実力の半分も出ていないものが後世に残ってしまう**。これでは孫もがっかりだ。

一度入れてしまえば、ずっと勃起させていなくても大丈夫とのことだが、判断力や瞬発力が求められる高度な仕事だ。

型さえうまく出来れば、あとはディルドになる素材をそれに流し込んで完成だ。

文字通り世界に一つしかない、マイディルドの誕生である。


これさえあれば明日から勃たなくなっても大丈夫だろう。少なくともパートナーは大丈夫になるかもしれない。

このようにかなり手際が良くないと難しそうだが、これが女で内部まで再現しようとしたらさらに難しそうである。しかし逆に言うと、外観だけ残しておきたいというなら結構簡単かもしれない。魚拓みたいなものである。

しかし、全盛期を残したいと思っても、いつが全盛期かわからない。そもそも男と違ってその成長をつぶさに見つめ続けてきたという女は相当少ないだろう。顔や体の老化に一喜一憂している女でも、今と10代の時の股間の変化まで把握している女はそんなにいないはずだ。

それをするよりは大人しくヌードの方を残しておいた方が良いような気がする。

しかし、自分の分身の分身を残したとしても、自分はそれが自分のだとわかっているからいいが、例えば死後家族がそれを発見したとしても、ただの大人のおもちゃと思われ、真っ先に処分されてしまう可能性が高い。

よって、名前はマジックで書いておくべきだろう。そうすれば、遺族も「形見」と理解して大切にしてくれるか、遺体よりも早く火葬してくれるだろう。

猥談ひとり旅

34

VIO脱毛

股間の一大事

日本の女の一生の半分は毛との戦いと言っても過言ではない。過言だった。しかし、実際かなり戦っている。**日本国において小学生以上の女の手足に毛が生えているというのは「失格」以外、何ものでもない**からである。

こんな文化であるから、男の中には「女はムダ毛が生えないもの」と信じている奴がいるかもしれない。

そんな男が、腕に毛を生やした女を見たら「こいつは男なのか。それともメスゴリラなのか」とビックリしてしまうだろう。

そんな事故を起こさないためにも**「女も何もしなければ枢斬暗屯子様みたいになる」と義務教育で教えるべきだ。**

やって損はないVIO脱毛

とにかく、女は物心ついた時からどうでも良くなるまで自らの毛を処理し続ける。最近では永久脱毛してしまう者も少なくない。

それに比べて男は楽よねと言いたいところだが、すでに脱毛は女だけのものではなく、男も脱毛しているしＶＩＯ脱毛だって余裕でやっているとのことである。

34 VIO脱毛

ＶＩＯというのは、ゴラク読者の皆様にはおなじみだと思うが、股間周りの総称である。

男の場合は、Ｖは竿の上あたりの陰毛、Ｉはキンタマ周り、そしてＯはアナル周辺だ。

ここの脱毛をする男が増えているのかどうかわからないが、とにかく存在はしているようだ。

陰毛が生えていて何の不都合が、と思われるかもしれないが、脱毛の利点は色々あるそうだ。

まず女ウケがいいらしい。そうか？　という気がするが、実際にパイパンにした人が「女の子たちの評判も上々です!!」と声高におっしゃっているので多分そうなのだろう。ちなみに私は陰毛は濃い方が好きだ。

また陰毛がなくなることにより完全に毛に埋もれることなく性器が露出するため、格段に大きく見えるのだという。

なんという逆転の発想。トリックアートと言ってもいい。長茎手術というのもあるらしいが、それよりもパイパンになる方が断然お手軽だ。

しかし、モノは巨根でも周りは子どものようにツルツル。見る方は目が慣れるのに時間がかかりそうである。

そして何より「清潔」だという。

この「清潔」というのが、見た目だけでない男女共にＶＩＯ脱毛をする大きなメリットなのである。


毛があろうがなかろうが股間ぐらい毎日洗うわいと思うかもしれないが、**将来介護をしたりされたりするようになると、この陰毛の有無が明暗を分けると言っても過言ではないらしい**。

つまり、ない方が介護しやすく、される方も清潔を保てるというわけだ。

よって、親などの介護を経た、50代60代の女性が自身がされる側になった時に備えてＶＩＯ脱毛をしに行くというケースが増えているようだ。

もう、毛ぐらい好きに生やさせたるわと思っている私でさえ、その話を聞いた時は「ＶＩＯやっとくか……」と思ったぐらい、我々にとって老後、介護問題は深刻なことである。

とにかく、**やって損はないのがVIO脱毛だ。**

方法は、専門のエステサロンでするのが安全確実だが、やはり永久脱毛は抵抗があるという人もいるだろう。ワキ毛なら「やっぱ生やしてえ…」と思うことはないかもしれないが、陰毛が永遠になくなるというのは若干取り返しがつかない感じがするし、男ならなおさらだ。

そういう人は、半永久ではない、ワックスを使ったVIO脱毛がおすすめだそうだ。

このワックスを使ったVIO脱毛は「ブラジリアンワックス」と呼ばれる。

やり方としては、まず、脱毛したい部分に専用のワックスを塗り、その上からシートを貼り一気に剥がす。すると毛が根元から抜け、キレイに脱毛できるというわけである。

なかなか暴力的。正直かなり痛そうである。実際慣れるまで痛いだけでヌけもしないというダメなセックスみたいになることもしばしばだそうだ。

しかし、コツを掴めばツルツルになるし、生やしたいと思えば、もちろん毛はまた生えてくる。

最近では男用のブラジリアンワックスも販売されているという。**おそらくこれを読んだゴラク読者の皆さんは1秒でもはやくパイパンになりたいと思っているだろう**が、男性なら間違いなく男用のワックスを買った方が良い。

これは、ただ粘着力が強いという話ではない。何故なら、男用ワックスは、説明書も男用だからだ。

逆に言うと、女用を買っても説明書に図解されているのは女の股間である。女の股間も内部は色々複雑だが、毛の生えている部分は男に比べて単純である。そんな図を見たって何の参考にもならないだろう。しようと思ったら毛より先に竿と玉を除去しないといけなくなる。

つまり男用なら、懇切丁寧に**Vラインの時は竿をこのような位置に移動させ、Iの時はキンタマの皮を引っ張り、Oの時は広げろ、**とにかく広げろ、とちゃんと説明してくれているのだ。

34 VIO脱毛

股間の毛をむしり取るという一大事だ。失敗や事故は許されぬ。正しい陣形を記した兵法書は不可欠である。

ところで急所であるキンタマにワックスを塗って剥がすなんて行為、痛みで死んでしまわないのかと思ったのだが、よく考えてみたら急所は中の睾丸部分で皮は普通の皮膚と大差ないのだと今気づいた。

この情報化社会、異性の体についても何となく理解していたつもりであったが、まだまだ気づくことは多い。今回は股間の脱毛のおかげでキンタマの皮について学べた。

猥談ひとり旅

35

今日勃起したい

「高遠るい先生、ありがとうございました」（担）

忘れられていると思うが、**このコラム一応読者からのネタ投稿を募集しているのだ。**

しかし、滅多に来ない上、来たと思ったら玄人すぎて1ミリも使えない話ばかりなため、長らく投稿ネタがなかった。これから投稿しようという人は、ぜひ「ゴラクといえど一般青年誌」ということを踏まえていただけると幸いだ。

そんな中、**久々にこれなら国家権力やヤ印に怒られないのではと思しき投稿があった。**

なんと、他でもないゴラク作家からの投稿だ。さすが身内しか読んでないことに定評がある私の連載である。

「同業者内で人気がありますよ」は全く褒め言葉ではない。

読者に人気がないと完全なる無意味である。むしろ読者に人気ないから身内人気で褒めるしかないだけだ。しかしその褒め言葉も通じるのは最初だけだ。さすがの私も8年間そう言われ続けたら気づく。ちなみにデビューして8年になる。

担当も作家を鼓舞したいなら「友達のお母さんが面白いと言っていた」等バリエーションを増やすべきであろう。

話がそれたが、**ゴラクの某人気作家からのご投稿**である。

「30代の知人男性が年若い女子と一戦交える機会を得たのだが、年のせいか槍の切れ味というか硬度がイマイチ。そこでバイアグラ。それも一番効きが良いというオーストラリア製を購入し戦に挑んだところ、槍は冴え渡り一騎当千、我こそが三国無双という上々の戦果だったのだが、その後二日間激しい動悸で身動きすらできなくなった」

だそうである。

明日と引き換えにしてでも……

我々女は「やってやれないことはない」でお馴染みの、凹型構造である。多少濡れの一つや二つ悪くても、穴が開いている以上入るのだ。しかし男の場合、まず凸にならないことにはストーリーが始まらない。

よって勃起不全は男にとって命に関わる一大事であり、バイアグラは他の強精剤とはワケが違う救世主（メシア）というわけなのだろう。

しかし、よく効く薬には副作用がつきものだ。上記のようにリアル命に関わることもなきにしもあらずである。

そもそもバイアグラとは、狭心症治療に用いる薬物と同様の作用があるため、血圧が急激に下がりショック状態になる恐れがあるそうだ。おそらく投稿者の知人が起こした症状はそれだろう。

だが、使う側からしてみれば**「貴様は錆びた槍をぶら下げて長生きしたいのか?」ということなのだろうし、中には「この一戦で役に立ってくれさえすれば、あとは粉々に砕け散っても構わない」**という覚悟で使っている者もいるかもしれない。

危険性が示唆されているのに、流通し使われているということは**「明日と引き換えにしてでも今日勃起したい」**という男が多いということである。

そんな悲壮な決意をしている相手に、ただ雑な穴が開いているだけの自分ごときが「体に悪いから止めなさいよ」などということはできない。

しかし、**死ぬなら愛人の腹の上や風俗店ではなく、家に帰ってからにするのがマナー**だろう。いくら勃起がすごくても人様に迷惑をかけるようでは三流だ。

そもそも使用者が死にかけたのは、オーストラリア産を使ったのが問題である。本人も、ガタイの良いオーストラリア人用に作ったものを使ったから余計体に負担がかかったのだろうと分析しているという。

その反省を踏まえ、現在彼はオーストラリア産バイアグラに耐えうるボディを手に入れるため筋トレに励んでいるそうだ。

その発想はなかった。

しかし、二度と使わぬ、と逃げることもなく、次は日本製にしようと日和るわけでもなく「俺が薬にあわせる」「郷に入れば郷に従え」という日本男児らしい大和魂である。感服いたした。

これは**買ったバイアグラを無駄にしないという「MOTTAINAI」精神**にも通ずる。

しかし本人曰く、せっかくバイアグラで絶好調にしたのに、件《くだん》の女子から特にお褒めの言葉がなかったのは遺憾だ、ということだ。

確かに、何度も言うが我々が持っているのは雑な穴だ。そもそも出産をする場でもあるので、そんなに敏感だと耐えられないため割と鈍感だという説もある。

よって大きさが通常の倍あるというなら流石に気づくだろうが、いつもより硬いとかそういったことに気づけるかというと、よほど研ぎ澄まされた穴を持っていないと無理な気がする。

よってそちらが薬物を用いてまで槍を尖らせてきても、迎え撃つ方が割とボンクラなため「すごい、こんなのはじめて」みたいな理想的なリアクションは、そういうご商売の方かよほど気の利く女でない限り望めないのではないだろうか。

そういうおもてなしの精神がない、ノット大和撫子相手に大和魂で来られても申し訳ないので、それがなければ全く勃たない、プレイが不可能という場合を除いては、無理して危険薬物まで使わず「入ればいい」ぐらいの気持ちでよいのではないのだろうか。

だが、文字通り**己の体を犠牲にしてでも、武を極めたい**という心意気も否定できない。

ぜひ、オーストラリア製バイアグラとの再戦報告を期待する。

死んだとしても「ダメ、ゼッタイ」という啓蒙に繋がるので、その死は無駄ではない。

猥談ひとり旅

36

セックス家具

不法投棄ダメ絶対

「セックス家具が話題である」

毎度お馴染み、弱ペダBL好きゴラク女子部員（34）からの情報である。お馴染みというか、このコラム、担当の風俗話かBLのリークが二本柱になってしまっている。早く何とかしたい。

それにしても、BLの情報の早さと行動力は何なのか。きっとアマゾネスみたいな女に違いないと言いたいが、こういう女ほど無害極まりない顔をしていたりするのである。

余談だが、ゴラクとボーイズラブは対極のように思われているかもしれないが、それはスイートだ。**男が2人以上いれば「可能性」が生まれる。それがボーイズラブ**である。

現にゴラク連載作品にはBL人気やキャラ萌え需要があるものもある。どれとは言わない。というか言うと全方位から怒られそうなので、とりあえず銀牙ということで手を打ってほしい。**イッヌはいい、それだけは間違いない。**

話は戻るが「セックス家具」だ。

ついに家具とセックスする時代がきた、ということだろうか。私事で恐縮だが、その昔**登場人物がイスとセックスする漫画を描いたことがある。その作品は何故か国がやっている某メディア祭の推薦作品に選ばれたが、売り上げには全く繋がらなかったのであれは全くの無意味**である。

「セックス家具」とは何か

しかし「セックス家具」が実際に登場したということは、ついに時代が追いついたということである。

そう思ったが、どうやら家具とセックスする話ではないようだ。時代、早く追いついてくれ。私が生きているうちに。

では、セックス家具とは何かというと、秘宝館にあるような男根や女陰を模した家具というわけではない。

パッと見はソファだ。ソファと言っても変な形なのだが、今はこれがオシャレなデザイナーズ家具なんや、と言えば十分通るし、インテリアブログでバズりたい女から金もボれる、そんな感じだ。

では、なぜ変な形をしているかというと、セックスがしやすいようにだ。セックス家具なんだから当たり前だろう。

例えば正常位でも、よりスムーズに車輛連結できるよう、腰の下に枕を入れたりするだろう。

この家具は正常位だけでなく、**様々な体位が「よりジャストフィット」できるように設計されている**のである。

むしろ、今まで苦しくて無理だった体位もこの家具のアシストがあれば可能かもしれない。

まさにセックスの下の力持ちである。

また**セックスというのは、いかに手際よく、マヌケな間を挟まないかが重要**である。そういう雰囲気になって「ベッドに行こうか」となってもベッドが別室だと、多分もうペッティングぐらいは済ませているのに一度やおら立ち上がり、ノコノコ徒歩でベッドまで行かなければならない。**せっかく盛り上げたグルーブが下がる。**

だからと言って、お姫様抱っこというのも寒いし、手押し車などもっての他だ。**つまり良い雰囲気になったら場所移動などせず、良い流れのまま全部済ませるのが最良**である。

その点このセックス家具なら、最初はソファとしてどうでも良いＤＶＤを見ながら２人で座って、そういう雰囲気になったらそのままそこでしてしまえばいい。

さらにベッドより具合が良いとあれば、実に合理的である。

良いことだらけだ。しかし**このセックス家具にも欠点はある。**

もし本当に家具として使うとしたら、**常にセックスが部屋にある**ということである。もちろん24時間セックスな者なら良いが、日常にセックスがあるのはキツイと感じる人間もいるだろう。

しかも家具だけあって割とでかい。場合によっては、全然そんな気分じゃないのに常に視界にセックスがカットインしてくる可能性がある。

それも一人暮らしの時なら良い。嫌になったら捨てるなりすればいいのだ。だが、もし新婚の時に勢いあまって買ってしまったら、その後熱が冷めセックスレスになったとしても、セックス家具だけがそこに鎮座し続けることになってしまう。

もちろんいらないなら捨てれば良いのだが、普通の家具でもなかなか独断で捨てたりはしないはずである。それに**「セックス家具を何も言わずに捨てる」というのは、あまりにも意味深なサイン過ぎて、セックスレスがさらに加速する。**

そもそもセックスレスカップルというのは、もはやセックスの話題さえ避けがちなため「このセックス家具、もう使わないから捨てよう」という提案をすることすら気まずく、結果的に永遠にそこにセックスがありつづけるという事態になりかねない。

やはり、家具といえど普段使いするというのはＴＥＮＧＡを本当にインテリアにしてしまうぐらい、その内無理が出てくる。

やはりバイブと同じカテゴリにして、必要に応じて出した方が良さそうだが、それだと「マヌケな間」が出来るだけである。

しかも家具だ。バイブほどスピーディに出せないだろう。まずそれを出せるスペースを作るために、さっき脱ぎ散らかしたパンツを片付けて、とやっている内にグルーブがゼロになって一からやり直しである。

まだベッドに移動した方が早い。**いくらセックスをスムーズにしてくれるソファでも、そこに到達するまでがスムーズでないと意味がない。**

快適なセックスライフのために、アイテムを揃えるのは良いことだが、置き場や、要らなくなった時どうするかなどを考えてからの方がいいだろう。

ただ、バイブやダッチワイフと違い、死後遺族などに見られても、そういうグッズと気づかれにくい、というのはセックス家具の良いところだ。

だが逆に、遺族が家具としてそのまま使ってしまう可能性もある、ということを考えておきたい。

猥談ひとり旅

37

パパ活

萎えませんか?

「先日この連載の取材も兼ねて出会い系サイトを覗いてみたのですが、大半がパパ活的な目的の女性ばかりで萎えました」

担当からのメールである。この連載に対するみなぎるヤる気に涙を禁じえないが、何と兼ねているのかが気になる。

「理想はセックスレスで欲求不満の人妻とかですが、ゴラク以外にそんな女はいないのかも知れません」

流した涙がもったいねえので眼球に戻した。

パパ活に肉体関係はない？

しかし、そうは言っても若い女にばかり需要が集まる日本である。30代女性が婚活サイトに登録しても30代の男は皆20代の女に行ってしまい、会うところにすら行けずさらに自信を失ってしまうらしい。

そんな中、パパ活女子大生には目もくれず「この中に欲求不満の人妻はいらっしゃいませんか!?」と叫ぶ、つまり**熟女はいねえのかよとキレてくれる担当とゴラクの存在は何と頼もしいことか**。

「少なくともゴラクには需要がある」。その名誉を胸に、決して自分を安売りすることのないようお願いしたい。

ところで、**「パパ活」という言葉を最近よく聞くが一体何なのか。**

パパ活：女性が経済的に援助してくれる男性（いわゆるパパ）を探す活動を指す俗な言い方。肉体関係を伴わず、デートや食事を中心とする交際を通じて、高級な店へ連れていっておごってくれるといった方法で経済的な支援者になってくれる相手を見つける、といったあり方を主に指す。（出典　実用日本語表現辞典）

肉体関係はないと言っているが、世の中「私は若い女に高い飯をおごり、乳も揉まずに帰るのが三度の飯より好きです」というおっさんがそんなにいるだろうか。そういうおっさんばかりなら日本はかなり美しい国であり、少なくともおっさんが美しい国だが、おそらくそんな美おっさんばかりではないだろう。

名目上は肉体関係なしでも、所詮個人間の自由契約である。年俸によってはベンチから出てバットを握るというケースも多いだろう。

むしろ、本当に飯と会話だけで成り立っているパパと娘というのは、よほどの美人と美おっさんコンビでないとありえない気がする。セックスとまではいかなくても何らかの接触がある場合がほとんどなのではないだろうか。

よって「私は若いから、おっさんは会話だけで金をくれるはず」という考えはスイートだろう。だが逆に「セックスOKならガンガンに稼げる」かというとそれもNOだという。

最近の、それなりの料金・クオリティの風俗店にいる女は、もうそれだけで「選ばれし者」らしい。

風俗勤務希望者の方が増えすぎて、そこそこの顔と体でないとまず採用すらされないという。

しかし、スタンダードな風俗は無理でも、デブ専、ババ専、週刊漫画ゴラク等、マニアックな需要はあるのだから、どこか拾い手はあるだろうと思われるかもしれないが、特殊性癖店は逆に中途半端だとダメらしい。デブ専なら80キロ以下は「痩せすぎ」で需要がないそうだ。

そういった顔と体にあまり良い点がない女が店に在籍し、さらに指名を取ろうと思ったら「トッピング」をつけていくしかないという。

トッピングといっても煮卵とかではなくて「ＡＦ」とかだ。意識高い系が使う言葉の一種ではない、「アナルファック」である。

そんなにしたいですか、ＡＦ、と思うかもしれないが、バナナがおやつに入るかどうかが未だに議論されているのと同じように、**バナナをケツに入れるのが本番と言えるかどうかはまだグレーゾーン**なのだ。本番禁止店でもアナル挿入ならお上に怒られず、お下も満足というわけだ。

よって、ビジュアルで客がとれない女はＡＦ他、ハードなプレイＯＫというトッピングをつけて売るのだそうだ。

しかし、それは文字通りハードである。ＡＦも慣れ親しんだ相手と綿密なホウレンソウをしながらすれば安全なのかもしれないが、不特定多数と連日ＡＦというのは「毎日怪我してるようなもの」らしい。連日労災である。ただ労災保険は下りない。つまり「職業 風俗嬢」というより「フリーランスの戦士」である。フリーの戦士なら連日の負傷も保障がないのも致し方ない。

では、ビジュアルでハネられ、トッピングもつけられず、店に在籍させてもらうことすらできない女はどうするかというと、他でもない、**担当がこの連載のために覗いてエロ人妻がいないと憤っていらっしゃる「出会い系」**である。店に在籍できないなら、よく言えばフリー、悪く言えば野良売春をするしかない。

よって、パパ活女はどうかわからないが、出会い系でハナから「割り切ったお付き合い」希望の書き込みをしている女は、進塁率が非常に良いそうだ。もちろんヒットではない。デッドボールでである。

しかし、真に危険なのは買う側の男ではなく、売る側の女である。どんな男が来るかわからず、何かあっても風俗店なら店が出てきてくれるが、それもない。また出会い系サイトの死球率が高いのは女側だけではない。そこそこの女は風俗店に勤めるのと同じようにそこそこの男は風俗店に行く。よって出会いサイトで買おうとする男も相当進塁系が多いのだという。

だがそれでも、リスク覚悟で売らねばならぬ理由が女にはあるということだ。「いざとなれば女は体を売って稼げるからいいよね」がいかに暴論であるか、という話である。

これは深い問題だ。ぜひ担当には死球覚悟で取材を続けてほしい。

猥談ひとり旅

38

アナニーしてる?

インプットは自己責任で

みんな、アナニーしてる？　俺はしてない。

アナニーとは、今さら空の色を説明するかの如き、ゴラク読者にとっては釈迦に説法だと思うが、一応釈迦以外に説明すると「アナルを駆使したオナニー」だ。やり方は詳しくは知らないが、アナルに何かを挿入しながら行うのだと思う。やったことはないし、残念ながら自分は前立腺を持っていないので、どれだけ気持ちいいのかわからないが愛好者が一定数いるところを見ると相当いいのだろう。

しかし、リスクはある。何せ**基本的にアナルはアウトプット専用器官**である。そこにインプットするというのは明らかに事故の元だ。よって、やろうと思ったら慎重に、少なくとも無茶は禁物だ。

しかしどこの世界にも「冒険野郎」というのは存在する。そういう命知らずというのは、お宝の眠る大海原や洞窟のみに生息するものではない。アナルにもいるのだ。

そんなロマンを追い求めた冒険野郎の物語が、ゴラク編集部の事務員（30歳人妻巨乳）から送られてきた。

なにげに新キャラである。しかし初登場がアナルというのはどうか。巨乳が全く生かされていない。

巨乳人妻から送られてきたのは、**某医学学会で発表されたアナニーで挿入した異物が抜けなくなった男性の記録**である。

「無茶しやがって……」そう言わざるを得ないが、ニュースとしてはそんなに目新しいものではない。毎日「ひるおび！」のトップニュースに出てくるというほどではないが、年に一回ぐらいはネットニュースで異物を自分のアナルで遭難させた冒険家の話は見かける。**よって先にこの冒険家がどうなったかを言おう。人工肛門になった**そうだ。

でかい。オナニーの代償としてはあまりにも巨大すぎる。

一体何を挿入したらそうなるのだというと「7×7×8・5」の「湯のみ」だそうだ。

ピンとこないかもしれないが、日本人の勃起時陰茎の直径は平均3・5センチだそうだ。つまり、絶好調のチンチンを2本入れたと思ってもらえればいい。

しかし世界もアナル広い。もっと巨大なモノを入れた上、無事に生還した者もいるだろう。なぜここまでの大惨事になってしまったかというと、問題は大きさではなく「相性」だ。

アナルも湯のみも用途以外に使わない方がいい

「セックスは結局相性」と言われるぐらい、挿れる側と挿れられる側の相性は重要なのだ。そしてこの男性と湯のみの相性は「運命」と言っていいぐらい良かったのである。

つまり、あまりにもジャストフィットしすぎて抜けなかったのだ。開腹しても抜けなかったのというのだから、愛は時に医学を超えるという実例である。

とにかく、腸というより骨盤に、その湯のみは「ここに来るために生まれてきた」「むしろ体の一部」と言わんばかりにはまり込み、押しても引いても切っても抜けなかったのだという。

結局どうしたかというと、腸内で湯飲みを粉砕して取り出したそうだ。**ケツの**

穴の中で陶器が粉々になる。当然直腸は人工肛門もやむなしな損傷を受けることになったようだ。

つまりこれは、運命の相手と出会い、セックス中ににっちもさっちも抜けなくなったら最終的に「チンコを粉砕して取り出す」ということを意味する。運命の相手になんか出会うものではない。

ただ湯のみと違ってチンコなら粉砕しても挿入される側のダメージは少ないという不幸中の幸いはある。

もしかしたら**求人票には「湯のみ」と書いてあったのに、現場に行ったら湯は入れられず何故か自分がケツに入れられた**という不当な扱いに対するストライキだったのかもしれないが、やはり**アナルも湯のみも用途以外に使わない方がいい**。

ともかく、あまりにも大きなアナニーの代償を払うはめになった男性だが、さらに酷いのがこれが症例として学会に発表され、誰でもネットで見られるという点だ。

これは本人に許可を取っているのだろうか。アナニーで人工肛門になりながら「人々が同じ過ちを繰り返さないために」と快諾したというなら聖人としか言いようがないが、もしかして無許可なのではないだろうか?

何故なら医者というのは良くも悪くも若干イカれている。イカれているからこそ、どうとも思わず人体を切り刻み病気を治すことができるのだ。結果的にプラスのイカれ方である。

よく婦人科に行くのが恥ずかしいと言うと「医者は患者のことをモノと考えているから気にするな」と言われる。

だとしたら、モノがアナニーで人工肛門になった話なんて、無許可で平気で公表できるだろう。何せ相手はモノだ。

この男性だって、湯のみをアナルに入れる時「今からあなたを肛門に挿入しますが、構いませんね?」と許可を取ったりはしなかったはずだ。何度も言うがモノなのだから。

患者にとっては一大事でも、医者にとっては「症例」であり、診察室に行ったら他の医者が「珍しい症例の見学」に何人も来ていたということもあるそうだ。

確かに、診察台で股を開いている時は、ぜひ医者にはモノと思っていただきたいものだが、それ以外の時は人やぞ、ということを思い出してほしいものである。

猥談ひとり旅

39

たとえ陰茎は折れても

夫婦円満☆

当コラムの取材のために出会い系サイトを取材している担当から続報である。

「出会い系はポイント消費が激しく、これ以上取材続けるなら風俗行った方が早いという結論になりそうです。踏ん張りどころです」

「出会い系より風俗の方が早い」。早くも金言である。おそらく担当が利用しているのは、言葉巧みにやり取りを長引かせ、より多くのポイント（課金）を使わせようとする出会い系サイトだろう。高確率でサクラであり、それも「おっさんが喜ぶ文面を心得ている者」が書いている場合が多い。つまりおっさんだ。担当にはぜひその土俵で踏ん張り続けてほしい。

逆に前も書いたが、出会い系ですぐ会える、すぐヤレる、しかも値段が妙に安いというのは風俗店にも入れなかった女なので、確かにすぐ会えるしヤれるが性別以外おっさんという女が来る場合も多い。今の土俵に飽きたら、そっちの土俵での取り組みも期待している。

その件はまた続報を待つとして、別件の続報が来た。

いつかのコラムで、妻のために5つのローターを操るゴラク編集部員の話をし

たと思うが覚えているだろうか。

覚えているとしたら、何故そんなことを覚えている、もっと覚えるべきことがあるだろう。

そんな愛妻家の彼だが、先日奥方を相手に3連続で勃たず、週末に5時間戦争になったそうだ。

5時間戦地を駆け巡る体力があっても勃起はしない。つくづくセックスに使うガッツというのはその他とは別物であると気づかされる。

その後どうなったかというと『編集部の変態からバイアグラ的な妖しい錠剤をゲットして、更に私が亜鉛を与え、どんな打ち合わせでも見たことない真剣な顔で帰っていきました。「決戦だ」と』とのことである。

野蛮人が集まりすぎて、逆に世界一平和になっているのがゴラク編集部ではなかろうか。

だが、そんじょそこらの変態では「凡骨」と呼ばれてしまうであろうゴラク内において「変態」と呼ばれる男とはどのぐらい変態なのであろうか。まず服を着て出社しているのだろうか。

しかし、**ゴラク編集部の変態という、レベルとしてはソドム市でも一番ヤバい奴みたいな人間**が差し出す錠剤（まずそいつのウンコであることを疑う）を口にするぐらいなので、その愛妻ぶりはホンモノである。

ゴラク編集部にはこのように、**陰茎は折れても心は絶対に折れない**という者の存在が多数観測されている。大体が「諦める」ではなく「倍返しでリベンジ」という発想なのだ、倍というのはもちろん陰茎の太さである。

しかし、**誰もがこんなアマゾネスとウォーリアみたいな夫婦にはなれない**のだ。普通の夫婦はこういう事態を数回経て、セックスレスになっていくのだろう。

セックスレス。夫婦にとっては悪とされていることであり、レス夫婦は離婚率が高いとも言われている。

5時間戦争の結末

しかし、セックスをしようとして5時間戦争をしてしまう夫婦もいるのだから、必ずしもセックスをしている夫婦の方が健全とは言えない気がする。

それに誰かのエッセイで読んだのだが、世の中には結婚してから毎日セックスし、離婚する前日もセックスした夫婦もいるという。もはや健全どころか「恐怖」を感じる話である。

つまり、**セックスレスが悪いわけではなく、お互いの意志がマッチングしていないのが問題**なのだ。片方がしたいのに片方はしたくない。そしてしたい方がしたくない相手にセックスを強要すれば、もはやそれはセックスしていても夫婦円満とは言えないだろう。つまり、両方したくない派ならレスでも円満である。

よって、アマゾネス夫婦も5時間戦争はしてもお互いに「こいつとセックスしてえ」という意志があるという点でやはり円満であり、**お互いの目的を達するために変態のウンコかもしれない錠剤を飲むというのは、誠意、努力、愛と言って過言ではない**だろう。

そして奥方の偉いところは、旦那が3回も勃たなかったことに対し「自分のせいかも」とは言わず、手前が情けないせいだと、5時間戦い抜いたところである。

この夫婦は40代だそうだが、やはり40も過ぎると女は自分の容貌に自信がなくなるだろう。そこでさらに旦那が勃たなければ「自分に女としての魅力がなくなったせいだ」と思ってしまうかもしれない。

これでは自分が卑屈になってしまうのみならず、男に「そうだ。自分ではなく相手が悪いのだ」と思わせてしまう。

そうなると男は変態から薬物を貰う等の努力をしなくなってしまう。**セックスだけではない。何でも他人のせいにする男は成長がない。**

つまり、**5時間夫のフニャチンを罵り続けたのは紛れもない「内助の功」**であり、相手はちゃんと叱咤激励に応えて変態から薬を貰って「決戦」に備えたのだから、まさに「阿吽《あうん》」と言えよう。

しかし、何度も言うが、これは戦闘民族同士の夫婦である。並の男なら5時間それを責められたら未来永劫勃たなくなる可能性がある。

「疲れてるのよね」ぐらいで流すのも愛だろう。

あとがき

本書をここまで読んでくださった方にはとりあえず**「ゴラク編集部風俗行き過ぎ」**ということだけは伝わったと思う。もちろんそれが伝えたかったことではない。

ゴラク編集部のイメージ通りぶりはすごいですね、と担当に伝えたところ「そうでもない。自分たちは意外と逮捕とかされていないし、むしろインテリ出版社の方がタクシーの運転手殴ったりして逮捕されている※個人の感想です」と言われたので、そう言われればそうだと思った。※個人の感想です。

本書には様々な性癖の人が出てくるが、その人たちは特殊な性癖をもって生まれたというより、自分の性癖に運良く気付いた人なのかもしれない。

我々は元々何かしら性癖を持っているがそれに気づく人間は一握りで、**多くが気づかないまま、つまらない、義理と義務だけのセックスをして死んでいくのかもしれない。**そしてそういう連中が「ノーマル」と呼ばれているのだ。

しかし、何かきっかけがないと気付けないし、それが特殊であればあるほど気づきにくい。例えば私が「マンモスにやわめに踏まれると絶頂する」という性癖を持っていたとしてもマンモスは絶滅しているので気づきようがない。

自分の性癖に気づきさえすれば人生はもっと楽しくなるのかもしれないが、家庭も社会的地位もある身になってから女装して池袋乙女ロードを歩くとメチャ勃起する、という性癖に目覚めたら、その性癖が良いとか悪いとかではなく「難しい事態」になってしまう感は否めない。

よって、**私に何らか特殊性癖があったとしても、もうこのまま気づかずつまらないセックスだけして、すごいセックスをしている人に「マジっすか〜!」と言い続けて死んだ方が幸せな気もする。**

本書に出てくるのはそんな運良く自分の性癖に気付けた上に、それによってまだ逮捕もされていないという超ラッキーな人ばかりである、ぜひ今生とその性癖を私たちつまらないセックス勢の分まで楽しんでほしい。

私も来世では、スクール水着で野山を駆け巡るような人生を送りたい、と言いたいところだが、人のセックスに「すごいっすね～」と言い続けるだけの人生も割と悪くないものである。

つまりこれからも、**面白いセックスがあれば西でも東でも飛んでいく**ので、今後ともよろしく頼む。

2018年11月　カレー沢薫

著者　カレー沢 薫（かれーざわ・かおる）
1982年生まれ。無職の漫画家・コラムニスト。2009年に『クレムリン』でデビュー。
漫画連載以外にも多くのコラムを執筆。
代表作『ブスの本懐』『負ける技術』など。趣味はエゴサーチと課金。人妻。

猥談《わいだん》ひとり旅《たび》

2018年12月10日　第1刷発行

著者　カレー沢《ざわ》 薫《かおる》
発行人　中村 誠
印刷所　株式会社光邦
製本所　株式会社光邦
発行所　株式会社日本文芸社

〒101-8407
東京都千代田区神田神保町1-7
電話　03-3294-8931（営業）
　　　03-3294-7793（編集）

Printed in Japan 112181123-112181123Ⓝ01　(415022)
ISBN 978-4-537-26196-7
URL https://www.nihonbungeisha.co.jp/

本書は『週刊漫画ゴラク』2017年3月3日発売号〜2017年12月8日発売号に収録されたコラム「使えなそうで、やっぱり使えないエロ知識」を改題し、1冊にまとめたものです。

編集担当　坂 裕治